T0278988

Mecánica popular

Pedro Juan Gutiérrez

Mecánica popular

EDITORIAL ANAGRAMA
BARCELONA

Ilustración: instrucciones de montaje de la mecedora de Boston.
Retoque de Eva Mutter

Primera edición: junio 2024

Diseño de la colección: Julio Vivas y Estudio A

© EDITORIAL ANAGRAMA, S.A.U., 2024
Pau Claris, 172
08037 Barcelona

ISBN: 978-84-339-2638-8
Depósito legal: B. 3136-2024

Printed in Spain

Romanyà Valls, S.A.
Verdaguer, 1, 08786 Capellades (Barcelona)

Es una gran suerte
no saber del todo
en qué mundo se vive

Wisława Szymborska

El hombre es como un suspiro,
su vida pasa como una sombra.

Salmos 144:4

NOTA DEL AUTOR

Estos relatos se refieren a situaciones y personas reales. Los lugares ya se transformaron y las personas no están. Se desarrollan en Matanzas, Pinar del Río y La Habana, Cuba, en las décadas de 1950, 1960 y 1970. Los cambios radicales y vertiginosos que se produjeron en Cuba en esos años trastornaron las vidas de todos, para bien o para mal.

UNA VOZ RADIOFÓNICA

Nancy organizó fácilmente su pequeño negocio. En un pedazo de cartón escribió:

NANCY – PELUQUERÍA

Colgó el aviso en la reja de la ventana que da a la calle. Instaló todo en la sala de su casa. Un viejo caserón, grandísimo, donde solo vivían ella y Andrés, su marido. Nunca tuvieron hijos. Dos horas después de colocar el anuncio llegó su primera clienta. Le dio un champú, un corte de puntas y un tinte castaño. La mujer le preguntó si también arreglaba uñas. Y ella ni lo pensó. Escribió en otro pedazo de cartón:

Y PINTO UÑAS

También lo colgó en la reja. Ese día solo una clienta. Al día siguiente tres. Enseguida corrió el comentario entre las mujeres del barrio: «Nancy trabaja bien y no es carera». Y al cuarto día puso el tercer letrero:

PIDA TURNO
TELÉFONO: 42 820 546

Nancy trabaja en silencio. Las mujeres siempre hablan en la peluquería mientras esperan. Algunas no paran. Hablan incesantemente. Hablan bien o mal, enjuician, argumentan, ofenden, ensalzan, emiten criterios. Pero cuando le preguntaban a Nancy, ella respondía con su voz melodiosa, lenta y distraída: «No sé. Yo ni conozco a esa gente». Y pensaba: «No quiero enredos en mi vida. Son muy enredadoras». Y se concentraba más en su trabajo.

Nancy y Andrés trabajaron durante años en una emisora de radio. Eran actores en radionovelas. A Nancy le costaba entrar en situación con sus personajes. No los incorporaba. Mantenía una distancia que enfriaba demasiado. No podía desdoblarse y siempre era Nancy. Es decir, era una actriz pésima, por decirlo rápido, y solo le daban papeles pequeños e insignificantes. A ella no le inquietaba esta situación. Vivía al día. Nunca se preocupaba por las consecuencias de lo que sucede hoy.

Era una mujer tranquila y apacible. Tenía un cuerpo muy atractivo, de acuerdo al canon de belleza tropical: cintura estrecha, caderas amplias, culo duro y prominente, pechos abundantes y hermosos y un rostro bonito con una mirada dulce, un poco melancólica. Su pelo negro y sedoso le llegaba hasta la cintura, casi siempre recogido en una trenza gruesa. Parecía una gitana. Sonreía levemente y hablaba en voz baja y educada. Nunca se alteraba y daba la impresión de que vivía aparte de todo, como si flotara en una nube.

Después de quince años de trabajo sosegado y rutinario, un día avisaron que cada actor tendría que pasar exámenes teóricos y prácticos. Solo los que aprobaran quedarían

12

en activo. Los desaprobados perderían el trabajo. Una comisión nacional, integrada por actores sobresalientes, visitaría cada emisora de radio del país para hacer las pruebas. Además, se establecían las categorías A, B y C, según la puntuación que obtuvieran en los exámenes. Los salarios se ajustarían de acuerdo con estas clasificaciones. Disponían de tres meses para prepararse. La comisión nacional, en un gesto de buena voluntad, envió a cada emisora de radio una guía de los temas que debían aprender para el examen teórico, que era el más difícil. Y además un resumen sintetizado para estudiar cada tema. Esto facilitó aprender solo lo que preguntarían en el examen teórico. El práctico consistiría simplemente en interpretar un personaje en una radionovela cualquiera, durante diez minutos, ante los miembros de la comisión.

Llegó el día de las pruebas. En el examen práctico Nancy recibió apenas treinta puntos de cien posibles. Y en el teórico contestó mal todas las preguntas. Por ejemplo: «¿Cuál es el concepto básico del método Stanislavski?». Repuesta: «No recuerdo bien, pero es muy importante». «¿Quién es el autor de Hamlet?» Respuesta: «Brézhnev».

Los miembros de la comisión, con dolor porque no querían dejarla sin trabajo, tuvieron que declararla «No apta».

El director del cuadro dramático la llamó a su oficina y cerró la puerta para, en privacidad, comunicarle la decisión. Esperaba que ella se echaría a llorar y pediría que le dieran otra oportunidad. Él estaba dispuesto a ofrecerle una plaza de mecanógrafa para que se ocupara en reproducir los guiones, archivarlos y hacer un trabajo de oficina elemental y sencillo. Pero Nancy no habló. No se inmutó. Sonrió apaciblemente y le dijo: «Sí, está bien. Gracias por todo».

Se levantó de la silla y se fue tranquilamente, sin darle importancia al asunto. Ya sabía lo que iba a hacer. Llegó a la casa, cortó un pedazo de cartón, escribió el anuncio, lo colgó en la ventana y empezó su negocio. Una semana después su único problema era distribuir bien los turnos para mantener la calidad y trabajar sin prisa. Se lo tomaba en serio. Pensó en contratar a otra peluquera. No. Decidió seguir sola. Prefería hacerlo todo a su manera. Menos clientes, menos ganancias, pero así se sentía cómoda. Trabajaba bien y despacio.

Andrés, en cambio, obtuvo categoría A en las pruebas, con una felicitación de los evaluadores. Pocos actores en el país lograron ese resultado. De inmediato recibió un aumento de salario.

Tenía una voz radiofónica. Potente. Grave. Exageradamente grave. Con una dicción impecable y muy impostada. Podía colocar la voz en la boca del estómago y sentía cómo vibraba el esternón. Y así la movía desde el cráneo hasta el ombligo. Siempre le asignaban los protagónicos en *La novela de las tres*. Hacía personajes que encarnaban a señores prominentes o heroicos, grandes militares, inventores famosos, individuos ejemplares y únicos, líderes extraordinarios, políticos sobresalientes, guerreros y emperadores invencibles y cosas así. Los personajillos secundarios y prescindibles no tenían nada que ver con él.

Pero más que con la novela, disfrutaba con *Tú y yo en la noche*. Un programa de una hora que se transmitía los sábados a las nueve de la noche. Andrés escribía el guión, seleccionaba la música y hacía la locución, es decir, todo. Usaba instrumentales de Glenn Miller, Ray Conniff, Paul Mauriat, Henry Mancini, y otros por el estilo. Y poemas de amor de poetas felizmente olvidados: «Pasarás por mi vida y al pasar...». «Te digo adiós y acaso te quiero todavía...».

14

«A los pies de tu cama, como un perro, se echó mi corazón...». Es que llegaba hasta ahí. Hasta esa música y esa poesía de veinte o treinta años atrás, es decir de las décadas de 1940 y 1950. Se había detenido en ese punto. Su objetivo único era hacer un programa entretenido, pero sobre todo romántico, pegajoso, seductor, un poquito erótico. Se sentía muy bien haciendo esto cada semana. Grababa el programa los viernes y el sábado por la noche se sentaba cómodamente en su casa para escucharse, embelesado, maravillado y atraído por su voz estremecedora, profunda, grave, perfecta. En algunos momentos se emocionaba tanto que se le erizaban los vellos de los brazos y se le humedecían los ojos. Era el momento más importante de la semana. Escucharse a sí mismo recitando aquellos poemas de amor.

Nancy también se sentaba, a hurtadillas, alejada, en la saleta, y escuchaba a su marido. Seducida, hipnotizada, con una emoción sostenida. Era un rito cada sábado por la noche. Cuando terminaba el programa Nancy temblaba de emoción y se sentía húmeda, excitada. Hasta sudaba en las axilas y en la frente, como si hubieran hecho el amor. Era maravilloso. Y orgásmico.

Andrés recibía decenas de cartas cada semana. Mujeres que le escribían a la emisora de radio. Cartas apasionadas. Querían conocerlo. Anotaban su número telefónico y le pedían que las llamara. Le enviaban fotos y solicitaban una foto de él, autografiada. Todas insistían, le escribían una y otra vez. Enviaban nuevas fotos y repetían sus números de teléfono. Fans apasionadas. Él no contestaba nunca. Recogía las cartas en la oficina del cuadro dramático y se las llevaba a casa. Mirando a trasluz veía que algunas contenían fotos de las remitentes y propuestas para verse en algún momento. Todas querían conocerlo y hablar con él. Algunas se pasaban y le enviaban hasta mechones de pelo atados con una cinta, como un relicario. Y además perfumaban el papel y el sobre. Pero Andrés no se atrevía a abrirlas y mucho menos a contestar. Solo las veía a trasluz. Las guardaba intactas, en una caja grande. Tenía ya varias cajas atestadas con miles de cartas, cerradas y bien ordenadas por la fecha de llegada. Un orden cronológico estricto.

Era un caserón enorme, construido alrededor de 1900 en una zona de la ciudad que, con el paso del tiempo, se convirtió en un barrio arruinado y un poco peligroso. Nancy nació allí y se crió con sus abuelos, sus padres, un tío y su familia, y un hermano. La casa tenía una sala enorme, saleta, cinco cuartos, dos baños, una cocina y un comedor muy amplios y un patio interior. Todo luminoso, lleno de vida y de niños que corrían y jugaban. Al paso de los años los más viejos murieron y los otros se fueron del país. Nancy y Andrés se quedaron solos, un poco aburridos, después de veinte años de matrimonio, sin hijos. Ocupaban un solo cuarto y por la noche daban la impresión de ser dos fantasmas silenciosos flotando en aquellos pasillos oscuros y polvorientos. La casa ya bastante arruinada.

En el mismo cuarto donde estaban las cajas selladas llenas de sobres sin abrir, había una colección enorme de cajitas y paquetes también cerrados. Eran los regalos que Andrés recibió en su infancia y juventud, cuando sus padres celebraban su cumpleaños. No los abría. No sabía qué contenían. Todos permanecían allí, bien colocados en un viejo armario de caoba. De vez en cuando Nancy entraba al cuarto, limpiaba el polvo, quitaba las telarañas, barría y limpiaba el piso y lo dejaba todo intacto. Andrés no le permitía cambiar el orden. Ella no podía tocar las cajas ni moverlas de su sitio.

Por las noches se acostaban temprano. A las diez o diez y media. Nancy dormía toda la noche de un tirón. Andrés siempre despertaba sobre las tres de la madrugada y sentía un deseo irrefrenable de salir a caminar. En la muñeca izquierda se ajustaba un reloj grande y ostentoso que su cuñado, que vivía en Miami, le había traído de regalo. «Parece de oro y está muy bonito, pero es un reloj barato. No te va a durar mucho», le dijo el pariente, en un rapto de sinceridad. No fue así. Aquel artefacto horrible, kitsch, y enorme, ya tenía tres años y seguía trabajando sin tropiezos.

Andrés se ponía un pantalón y una camisa y salía a caminar por el vecindario, procurando que se viera bien el reloj dorado. Tenía una alta posibilidad de que alguien se le acercara por detrás y lo golpeara fuertemente, para robarle la joya. Tentaba al diablo y sentía miedo. Un golpe brutal en la cabeza, con un tubo. Algo salvaje, sangriento. Tendría que ir al hospital, explicar a la policía, describir el valioso reloj que le habían robado.

Así cada noche. Se aficionó a sus paseos de una hora o poco más. Cambiaba de ruta. Se metía por calles oscuras y estrechas. A veces se sentaba a descansar en el quicio de alguna puerta. Siempre cuidaba que el reloj quedara visible. A esa hora de la madrugada había poca gente caminando por las calles. Algún borracho, o dos o tres jóvenes. Nadie intentaba acercarse. Y mucho menos robarle. Andrés era delgado, tenía apenas 1,44 de estatura y su rostro era absolutamente anodino. De todo su ser emanaba un aura de insignificancia total. No es que no lo miraran. Es que no existía. A él le fascinaba sentir el miedo de que lo asaltaran y le dieran una paliza. Le excitaba aquella aventura de madrugada. Caminaba y caminaba hasta que al fin se decidía y regresaba a su casa temblando y con el corazón acelerado.

Nancy nunca se enteró de sus peligrosos paseos. Pero una noche lo sintió cuando él se acostaba de nuevo y, casi dormida, le preguntó:

—¿Qué te pasa?

—Nada. Fui al baño.

Ella lo tocó. Él estaba desnudo bajo las sábanas y temblaba por el miedo que había pasado en la calle. Se acariciaron. Hacía muchísimo tiempo que no se acariciaban. Ella sintió que Andrés se posesionaba encima. Fue algo extraño e inesperado después de años sin sexo. Ni dentro ni fuera de la pareja. Nada. Ahora fue muy dulce. Como la primera vez. Ambos habían llegado vírgenes al matrimonio. Él lo hizo todo, despacio, sin prisa. Ella se limitó a disfrutar y sentir con todo su ser. La abrazó, la besó largamente y le susurró al oído un poema de los que sabía de memoria: «Puedes irte y no importa, pues te quedas conmigo como queda un perfume donde nace una flor...». Su voz grave y profunda penetró a Nancy hasta el mismo cerebro, hasta el corazón y los huesos.

Se estremecieron unas cuantas veces. Terminaron. Y se durmieron, abrazados.

Andrés despertó cuando la luz del día entró al cuarto. Fue a la cocina, hizo café y, como hacía cada día, llevó una taza a Nancy. La despertó. Ella, medio dormida, le dijo:

—Anoche soñé que hacíamos el amor y que me decías un poema, muy bajo, en el oído. Fue muy bonito.

—¿Sí?

—Qué raro. Nunca recuerdo mis sueños.

Y nada más. Guardaron silencio. Como siempre.

EL GLAMOUR Y EL ASOMBRO

Carlitos tocó el timbre una sola vez, y esperó. La tía Lilliam, ya mayor, camina despacio y le lleva su tiempo llegar a la puerta, comprobar por la mirilla y abrir. Sonriendo se dieron un abrazo y un beso. Carlitos vestido con el uniforme verde olivo del ejército. En la manga de la camisa tenía el distintivo de recluta del servicio militar obligatorio, que consistía en el escudo de armas de los zapadores e ingenieros militares. Entraron a la sala y él puso sobre la mesita de centro unos libros que había comprado minutos antes en una librería cercana: *A sangre fría,* de Truman Capote, *Entierren mi corazón en Wounded Knee,* de Dee Brown, *Para leer al pato Donald,* de Ariel Dorfman y Armand Matelart, y *El origen de la familia, la propiedad privada y el Estado,* de Engels.

Lilliam, de un vistazo rápido, se enteró de los títulos de los libros. Conservaba su agilidad mental de profesora universitaria.

Hacía calor y Carlitos sudaba.

–Hijo, es que ese uniforme es muy grueso. ¿Quieres agua?

–Sí, tía, gracias.

Lilliam conectó un ventilador, lo puso en dirección a Carlitos y fue a la cocina. Él miró detenidamente las paredes vacías. Hacía casi seis meses o más que no visitaba a su tía. En pocos años había vendido todo: los muebles de lujo, las lámparas, las cortinas, las alfombras, los marcos de plata, los jarrones y las figuras de porcelana, los cojines. Todo cambió. Carlitos la visitaba una vez al año o poco menos y en cada ocasión, sin hacer comentarios, observaba los cambios hacia la decadencia. De un hermoso apartamento de lujo, inmaculado, pequeñoburgués, siempre con flores frescas en los jarrones, hasta ese lugar casi vacío, fantasmal, donde apenas quedaban los sillones de hierro de la terraza y unas pocas sillas incómodas. Y las paredes con marcas de los cuadros antiguos, que fueron vendidos. Todo impregnado de polvo acumulado y un definitivo aire de derrota. Era evidente que Lilliam a su edad no podía limpiar con frecuencia. Y ya no había servidumbre. Ya no existía ese oficio. Prostitutas y criadas domésticas. Se habían emancipado de sus explotadores burgueses. Zoraida ahora era taxista, en una flotilla de taxis a la que llamaban Las Violeteras. En una esquina se conservaba un librero atestado con más de cien libros de arte. Lilliam fue profesora de dibujo y pintura.

En realidad el tío de Carlitos era Francisco, esposo de Lilliam, y ella era su tía política. Carlitos y su familia vivían en un pueblo costero pequeño, cerca de la playa de Varadero. Su padre era pescador. Toda la familia. Desde siempre fueron pescadores. Algunos eran campesinos en las cercanías del pueblecito. Francisco y Lilliam los visitaban con frecuencia y pasaban el día muy bien. Francisco era rico. El único rico en la familia. Nadie sabía los detalles de la historia. Cuando era muy joven Francisco se fue de la casa. Les dijo a sus padres que no quería ser pobre,

20

ni pescador ni campesino ni vivir en aquel caserío. Dijo: «Nací aquí por equivocación», y se marchó para La Habana. Tenía dieciséis años. Pensaron que era una rabieta pasajera y que regresaría en unos días. No supieron de él durante veinte años. Nunca escribió y creían que había muerto. Un buen día regresó sorpresivamente, tan alegre, simpático y comunicativo como siempre. Se comportó como si se hubiera marchado la semana anterior. Contó historias inconexas y fragmentadas sobre los años que vivió en Estados Unidos, los años en Argentina, los años en Venezuela, y como ahora era el dueño de una agencia de venta y alquiler de automóviles en La Habana. De la principal marca de autos y camiones del mundo.

Había cambiado por completo. Ahora usaba abigarrados pañuelos de seda al cuello, siempre con un blazer de sport y una pipa en la mano. Limpia y vacía. No fumaba. Carlitos era un niño curioso y un día le preguntó: «Tío, si tú no fumas, ¿para qué usas la cachimba?».

Y él, sonriente y amable: «Para señalar. Y se dice pipa». Al tiempo que hacía el gesto, como si señalara en un mapa con la pipa como puntero. Y sonriendo más, le dijo: «Es muy *british*, Carlitos». Francisco, además, iba acompañado por su esposa, Lilliam, una mujer exquisita, profesora en la Universidad de La Habana, y descendiente de una rica familia de ganaderos de Camagüey y judíos europeos. Los Gancedo-Abramovic. En la primera visita dejaron algunas tarjetas de presentación, porque allí aparecía el teléfono particular. Un gesto inútil porque en aquel caserío no había ni un teléfono público. En una tarjeta ponía: «Dra. Lilliam Gancedo-Abramovic de Fernández». Y en la otra: «Lic. Francisco Fernández de Agua-Alta. Concesionario Exclusivo en Cuba. International Ford Motor Company». Y los teléfonos de la oficina. Las tarjetas se quedaron por allí. Nadie en la familia había tocado jamás un teléfono. Carlitos las guardó entre sus libretas de la escuela. Y además fue el único que pensó que aquello de Agua-Alta se lo había inventado el tío, como si fuera un título nobiliario: Conde de Agua-Alta. Marqués de Agua-Alta. El tío era simpático y le caía bien. Su padre dijo, sonriendo: «Este hermano mío siempre fue mentiroso, jodedor y tramposo, pero se divierte inventando sus cuentos».

Carlitos ya tenía ocho años cuando Francisco y Lilliam lo invitaron a pasar una semana con ellos en La Habana. Fue deslumbrante entrar en aquel apartamento de lujo, con un cuarto y baño para él solo. Se quedaba toda la mañana con Zoraida, la criada, que se dedicaba a pulir la platería y los bronces, limpiar los baños y pasar la aspiradora a la vez que arreglaba las flores y colocaba difusores de fragancias de lavanda en los puntos estratégicos para que el olor a limpio refrescara la casa. Mientras la cocinera, una señora negra, gruesa, que nunca salía de la cocina, preparaba el almuerzo, Zoraida, blanca, con un uniforme impecable y una presencia física estupenda, pero no provocativa ni vulgar, era quien servía a los señores, en silencio, con elegancia y buen gusto. En su casa Carlitos comía con una cuchara. Aquí le enseñaron, de un modo discreto, sin imposiciones, a usar tenedor y cuchillo, la servilleta, la copa del agua. El menú también era distinto. Mucho más americano: cereales con leche en el desayuno, frutas, ensaladas con camarones, pescado al horno. Poco arroz y frijoles y carne de cerdo. Más manzanas, maíz, jamón dulce de Virginia y cosas así que compraba Zoraida en un supermercado Minimax cercano. Es decir, una tienda importadora de alimentos americanos. Casi nunca comían alimentos españoles de las bodegas comunes y corrientes.

Las visitas de Carlitos se repitieron porque el tío Francisco y Lilliam lo traían con frecuencia y hacían lo posible por ampliar el mundo del niño. Además del Coney Island y el zoológico, Lilliam lo llevó a ver detenidamente la Colección Cubana, en el Museo Nacional de Bellas Artes. Ella le explicaba algo sobre cada cuadro, cada pintor, cada escuela o movimiento. Y siempre le insistía: «... pocos países latinoamericanos tienen una historia tan importante de creadores de primera línea. Tenemos que sentirnos orgullosos». Pero Carlitos siempre regresaba a la primera sala. Le fascinaban unos cuadros pequeños, dibujados con rusticidad total sobre unos trozos de cuero. Eran unos mapas, toscos y solo aproximados, de la Isla de Cuba. La etiqueta decía: MAPA PINTADO POR UN MARINERO, SIGLO XVI. La tía no se explicaba por qué le fascinaban aquellos mapas rústicos. Él tampoco entendía. Con el tiempo supo que en arte le atraía todo lo mal hecho, lo naíf, lo bruto. Es decir, todo lo que tomaba distancia y eludía las convenciones y las modas y lo agradable y académico. Prefería siempre aquello que no parecía arte.

Pero en aquel momento era un niño con menos de diez años y no sabía nada de sí mismo ni del mundo que lo rodeaba. Se dedicaba, como todo niño, a curiosear, a jugar, a disfrutar sin horarios ni reglas. Aún no tenía preferencias ni un camino prefijado. Le gustaba todo. Y, como se dice, exploraba y absorbía como una esponja.

Francisco y Lilliam se aficionaron a visitar a su familia cada uno o dos meses. Compraban cerveza y asaban un lechón o salían por la noche a cazar cangrejos. Francisco, por un par de días, volvía a ser el mismo joven impetuoso y simple de antes. Se quitaba su ropa elegante, se vestía con unos pantalones y unos zapatos viejos y se iba a la costa con sus primos a coger cangrejos por la noche. Y al día

23

siguiente armaba la fiesta con cangrejos picantes enchilados, boniatos sancochados, ron y cerveza. Y el juego de dominó. Se divertían y la pasaban bien. Lilliam no tanto. Ella siempre observaba a distancia. Eran dos mundos absolutamente diferentes y ella se asombraba de que Francisco pudiera disfrutar con tanta flexibilidad. Pensaba que era una cualidad maravillosa de su marido. Regresar a la infancia de vez en cuando. Transformarse en otro durante un par de días.

Una de las visitas de Carlitos coincidió con la boda de un hermano de Lilliam. Cada tarde celebraban un cocktail preboda. Durante una semana. Reunían a unos pocos amigos, siempre diferentes, bebían y picaban canapés, aceitunas y quesos que Zoraida traía de la cocina en bandejas de plata. Carlitos participaba, pero sentado y en silencio, escuchando atentamente. Hablaban sobre todo de política y negocios, cuentas en bancos y otros temas que él no entendía. Bebía Coca-Cola.

El día de la boda llegó al fin. Muy elegantes, en una iglesia, con flores y música de órgano. La novia, bellísima, con un traje blanco muy largo. Era un espectáculo. Carlitos no imaginaba que casarse fuera tan complicado. Unos días antes le habían obsequiado un blazer, una camisa blanca de cuello y una caja con seis corbatas de seda, anchas, muy alegres y coloridas. Su tío le enseñó a hacer el nudo y le dijo, sonriendo: «No te preocupes. Yo usé corbata por primera vez ya con treinta años. Y tú empiezas ahora, con nueve. Vas bien». Él no lo dijo en voz alta, pero pensó que cada día aprendía algo nuevo. Y eso le gustaba. Aprovechar el tiempo.

Después de la boda hubo una fiesta en un club elegante, con una gran terraza frente al mar. Y al día siguiente acompañaron a la pareja al aeropuerto. Iban de luna de miel a México, por quince días. Carlitos no salía de su asombro y se decía a sí mismo: «Qué raros. Todo lo hacen diferente a nosotros». Aún no podía precisarlo con palabras, pero se sentía como un pez fuera del agua. Le atraía formar parte de aquella élite elegante, exquisita y esnob, pero sabía que no era su mundo. Algo faltaba. Hablaba poco. Solo escuchaba y aprendía. El tío Francisco le regaló dos libros y treinta discos de inglés, ya usados, provenientes de Hemphill Schools, de Nueva York. Y le dijo: «Aquí tienes. Estudia inglés. El que no sabe inglés no avanza en este mundo». Y la tía Lilliam le regaló un cuaderno de dibujo, lápices de colores, unas témperas y un muñeco articulado de madera. Y le dijo: «Me di cuenta que te gusta la pintura. Aprende a dibujar la figura humana. Lo demás es fácil».

Una tarde Lilliam lo llevó al Rex Cinema a ver dibujos animados y, al salir al bulevard de San Rafael, ya casi de noche, sobre las aceras había vendedores de chiclets. Encima de un tablero hacían pirámides con cajitas amarillas, rosadas o verdes de chiclets Adams. Y pregonaban: «¡Los últimos! ¡Los últimos! ¡Vamos que se acaban! ¡Los últimos!». Lilliam compró tres cajitas y se las dio. Los vendedores tenían razón. Fueron los últimos. Jamás volvió a ver chiclets. Era un producto típico yanqui. Lo mejor era olvidarlos.

Ahora, sentado junto al ventilador, se refrescaba tomando un vaso de agua fría. Entonces vio sobre una mesita una foto del tío Francisco y de Lilliam, abrazados y sonriendo, al sol, sobre la cubierta de un yate.

–Qué bien quedaron ahí. Se les ve felices.

–Éramos felices. Fuimos muy felices. Tu tío era un hombre muy especial. Extraordinario.

–Nunca te he preguntado. ¿De qué murió?

–Del corazón. Lo perdimos todo en menos de veinticuatro horas. El negocio y las cuentas en dos bancos. Le dio un infarto y lo rebasó. Cuatro meses después le repitió. De noche. Nos habíamos acostado hacía un rato y... Solo se quejó muy bajo, se llevó la mano al pecho, y falleció. La benevolencia divina. Todos los días agradezco a Dios porque no sufrió.

–Sí, menos mal.

–Hubiera sufrido mucho en esta decadencia. Era un buen hombre y no se lo merecía. Se han perdido la compasión y la piedad.

Carlitos guardó silencio y pensó que ya nadie usaba esas palabras. Compasión y piedad. Eran palabras antiguas. En desuso. Fijó la vista en la foto de sus tíos. Lilliam habló despacio:

–Y esta muerte lenta que me ha tocado. Él era un hombre alegre, que vivía en el glamour y el asombro. Por su propia naturaleza. No sabía vivir de otro modo. No merece la pena vivir cuando se pierden el glamour y el asombro.

VOLAR

La clase de catecismo demoró media hora más de lo habitual. Eran las seis y media de la tarde y oscurecía. Sabrina había discutido con el instructor sobre el tema del Paraíso y Adán y Eva. La discusión la acaloró. Ahora, molesta y un poco alterada, caminaba aprisa y le dijo a Leo:

–No me creo esa historia de Adán y Eva. En la escuela dicen otra cosa. La evolución, Darwin y...

–Muy bien. Ya te dijeron que es una cuestión de fe. Yo sí lo creo. Es fácil y sencillo. ¿Por qué te molesta?

–Leo, hay que pensar. La evolución de los monos es más lógica. Más racional, más creíble.

–No quiero pensar que mis antepasados fueron unos monos horribles y sucios. Los monos huelen mal. No se duchan.

–Sí, deben de oler a mierda y tienen piojos. Pero son tus abuelos, aunque jueguen con sus excrementos.

–¡Ohhh, asco! No seas vulgar, por favor.

–Vamos a mi casa y te enseño el libro.

Caminaban aprisa. La catedral está a tres cuadras de la casa de Sabrina. Quería que Leo viera un libro muy especial que su padre le había regalado.

–Y ya que estamos hablando de esto, tampoco creo en la Santísima Trinidad. El Padre, el Hijo, el Espíritu Santo. ¡No!

–No te entiendo. Hace una semana querías ser monja, ahora...

–Hace un mes. O dos. O quince días, no sé. Bueno, sí. Una cambia de opinión.

–¿Has perdido la fe así de repente?

–Cambio de opinión. ¿Tú no cambias de opinión? ¿Siempre piensas lo mismo?

–Creo que no cambio... bueno, no sé. No me enredes.

Sabrina no contestó. Cerró los labios con fuerza y llenó la boca con aire, como un globo. Lo hizo unas cuantas veces. Infló y desinfló. Dejó la mente en blanco. No tenía intención de contestar nada más. Leo insistió:

–Pues a mí sí me gustaría ser monja. Pero solo un tiempo. Unos años. Debe de ser muy bonito.

–No se puede. Ya nos explicaron. Y nos hablaron claro. Es una renuncia a todo. Hay que casarse con Dios. Y... bueno, ya hemos hablado de esto. ¿Para qué repetir?

Hacía tres años que estudiaban en la misma clase en la escuela secundaria, situada cerca, junto al río San Juan. Los domingos iban a la misa de nueve en la catedral. Ahora, desde un mes atrás, asistían los jueves a las lecciones de catecismo, y los miércoles y viernes a las clases de inglés. No había mucho que hacer. Y así evitaban aburrirse demasiado. Sabrina quería estudiar danza moderna. Pero tendría que irse a vivir para La Habana. En esta ciudad no había modo. Nadie sabía nada sobre el tema. Ella sí. Su anhelo secreto era viajar a Nueva York y estudiar con Martha Graham.

El libro que su padre le regaló se refería a la meditación. Cerrar los ojos, concentrarse y visualizar lo que uno quiere. Ella lo hacía. Se veía a sí misma bailando en el estudio de Martha Graham. Recibiendo lecciones. Bailando de otra manera. Tendría que darse prisa. Martha Graham ya tenía sesenta y cinco años. En su cuarto había pegado en la pared dos fotos de la famosa bailarina, aparecidas en la revista *Life* unos meses atrás, cuando cumplió esa edad. Eran varias fotos de ella en su estudio, dando clases. También un letrero que dibujó con lápices de colores: ¡ABAJO EL LAGO DE LOS CISNES! ¡ABAJO CHAIKOVSKI! ¡ABAJO EL CASCANUECES! ¡BAILARINES DE DANZA MODERNA DE TODOS LOS PAÍSES, UNÍOS!

Leo la sacó de sus pensamientos:

—Hoy le pregunté a Matilde.

—¿Quién es Matilde?

—La señora que limpia en la sacristía.

—Dicen que es la amante del cura.

—Ah, no repitas esas ofensas, Sabrina. ¿Por qué eres así?

—Bien, ya, disculpa. ¿De qué hablaron?

—De meterme a monja.

—Uhhh, pero ¿vas a seguir con lo mismo?

—Bien. Ya. Hoy estás muy nerviosa.

—Yo soy así.

—Es que no se puede hablar nada contigo.

—No me gusta seguir con el mismo tema. Para mí ya quedó atrás.

—Para mí no. Quiero ser monja pero solo dos o tres años. Después salir y hacer mi vida normal. Enamorarme, casarme, una boda bonita en la catedral, tener hijos. Todo.

—Eso es imposible, Leo. O una cosa o la otra.

—Eso dicen, pero no lo creo.

—¿Y qué dijo la señora?

—¿Matilde?

—Sí.

–Que ella también tuvo vocación desde niña pero que nunca se atrevió porque... nada, lo mismo... quería casarse, tener hijos y todo eso.

–Ah, qué aburrido.

–¿Qué es aburrido?

–Una vida normal.

–A veces dices cosas absurdas.

–¡Una vida anormal! Eso es lo que me gusta, Leopoldina. ¡Una vida anormal! Casarme con un pigmeo de Suazilandia. O con un negro gigante y salvaje de Borneo, me da igual. Con un caníbal reductor de cabezas del Amazonas. Algo peligroso. Diferente.

–No. Un matrimonio normal.

–¿Cómo el de mis padres? ¿O tus padres?

–Sí, claro. Si hay amor...

–El amor parece que dura poco.

–No sabes. Nunca te has enamorado.

–Tú tampoco. Pero me imagino cómo es. Una esclavitud. Un negocio y una trampa.

–¿No quieres tener hijos? Una familia es importante.

–No me gustan los niños.

Llegaron a la casa. Subieron las escaleras y entraron a la sala. Jorgito, el hermano de Sabrina, de diez años, estaba sentado mirando el boxeo. Era un televisor Hotpoint pequeño, con una pantalla de cuarenta por treinta centímetros en blanco y negro. Veía el boxeo profesional que transmitían desde el Madison Square Garden. Otras veces había juegos de beisbol, de las Grandes Ligas. A Sabrina no le interesaba aquel aparato. Tenía un tocadiscos en su cuarto y escuchaba música que le permitiera bailar. En realidad, cualquier música le servía. Y hasta el silencio. Podía bailar siempre. Improvisaba los movimientos. Lo inventaba todo. Era un secreto. Hacía un año, en La Habana, vio en un teatro una función de danza moderna de un pequeño grupo. Le gustó tanto que se apasionó. Quería bailar así, con toda libertad, de un modo imprevisible, misterioso, sacando todo lo que tenía dentro. El ballet clásico le parecía muy ridículo, todo previsible, convencional y reglamentado. Y muy antiguo. Todo era del siglo XIX, o del XVIII, como un museo de momias. Tenía que irse para La Habana. No sabía cómo, pero no podía entretenerse más con el catecismo. No podía perder el tiempo. Y sentía que ya debía tomar una decisión definitiva.

Sabrina le dijo a Leo que se sentara un momento en la sala, y siguió hacia su cuarto. Leo miró a la pantalla un minuto. Demasiado violento para su gusto. Uno de los boxeadores sangraba por un ojo y el rival le machacaba ahí precisamente. Se quedaría tuerto. Lo tenía acorralado contra las cuerdas. Era una masacre. Y el réferi no hacía nada. Tenía instrucciones. Había demasiado dinero en juego. Desvió la mirada hacia Jorgito:

–¿Qué tal la escuela, Jorge?

El niño no respondió. Miraba fijamente la pantalla. Solo le hizo una señal imprecisa con la mano. Algo así como: «Me va regular, déjame tranquilo y no me interrumpas». Leo captó el mensaje del niño. Se levantó y fue al balcón. Ya había oscurecido. Era una calle principal, pero a esa hora había disminuido bastante el tráfico.

Sabrina regresó a la sala con un libro en las manos. Cuando estuvo frente a Leo lo apretó contra el pecho, cerró los ojos fuertemente y le dijo:

–Leopoldina, ¿Sabes qué acabo de decidir? Ahora en este momento.

–¿Qué?

–No voy más al catecismo. Se acabó. Y no sé si seguiré asistiendo a la misa los domingos. Creo que no.

31

–Oh, Sabrina, no me dejes sola. Tienes que orar para recuperar tu fe.

–No he perdido la fe.

–Yo creo que sí.

–Bueno. Dejemos esto. No tiene importancia.

–¿Cómo que no tiene importancia? Le das la espalda a Dios.

–No le doy la espalda a nadie. Sigo con mi fe, pero... no me gusta ir a la iglesia.

–Has ido siempre, no entiendo.

–Yo tampoco entiendo. ¿Por qué he ido siempre? Para imitar a los que van siempre.

Sabrina miró fijamente a Leo. Adoptó cara de asombro con los ojos muy abiertos, y le dijo:

–¡Ya! ¡Ya! Telón. Segundo Acto.

Y puso ante sus ojos el libro. En la portada, con grandes letras, decía: VOLAR. LA TÉCNICA PUNJABI.

También había una foto de una mujer con las piernas cruzadas en postura de loto, flotando a medio metro del piso. Leo tomó el libro y pasó las páginas. Había fotos. Grupos de personas flotando en el aire. Todos en postura de loto. Algunos con los ojos cerrados, otros con los ojos abiertos y riendo. Leo, sorprendida, dijo mientras miraba las fotos:

–No lo creo. Esto es una estafa.

–No es una estafa, es control mental. Se puede. Mira las fotos.

–Las fotos pueden ser un montaje... no, no.

–Yo lo estoy intentando.

Jorgito mira a Leo, se pone el dedo índice en la sien y le da vueltas a la vez que le dice:

–Mi hermana está loca.

–Jorge, sigue con el boxeo y cállate. Ven, Leo.

Fueron al cuarto de Sabrina. Puso una esterilla en el piso. Se quitó los tenis, se sentó y cruzó los pies en postura de loto. Enderezó bien la espalda. Cerró los ojos. Respiró profundamente y soltó el aire suavemente.

—No es difícil.

—¿Y ahora vas a volar?

—Estoy meditando y leyendo el libro. Hay que insistir.

Leo se sentó en la cama y guardó silencio. Por la ventana abierta se escuchaba el ruido del tráfico en la calle. Sabrina dijo:

—Hay ruido. No me puedo concentrar.

—¿Cierro la ventana?

—Sí. Gracias.

Durante un par de minutos Leo estuvo en silencio. Al fin dijo:

—Sabrina, la ley de la gravedad funciona siempre. Es imposible.

—No hay nada imposible. Esa palabra no existe. Haz silencio, por favor, y dame unos minutos.

Leo apretó los labios y aguardó mirando fijamente a Sabrina. Tenía una débil esperanza de que en cualquier momento se despegara del piso y flotara en el aire. No quería admitirlo pero sí podía pasar. Sabrina era muy decidida y vivía en un mundo aparte. Hojeó de nuevo el libro. Miró cuidadosamente. Sí. Había más de veinte fotos de gente flotando a medio metro del suelo. Todos con los pies en postura de loto. Y largas explicaciones: «Ninguna nación tendrá un enemigo. La familia mundial estará unida». «Las bellas metas de todos los valores ideológicos y religiosos serán satisfechas».

Cerró el libro. Sabrina seguía meditando con los ojos cerrados. Leo aguardó unos minutos más. Quería irse pero no debía interrumpir de nuevo. Perdía el tiempo y ya era de noche. Entonces Sabrina abrió los ojos y le dijo:

—Así no puedo. Estás ansiosa y lo percibo. No puedo.

—¿Cómo sabes que estoy ansiosa? Además, no estoy ansiosa.

—Sí lo estás.

—Bueno, bien, me voy.

Leo dejó el libro sobre la cama. Fueron hasta la puerta y se despidieron:

—Hasta mañana.

—Hasta mañana.

Leo bajó las escaleras. Sabrina esperó hasta comprobar que cerraba bien la puerta de calle. Se sentó en el sofá, al lado de su hermano. Miró unos segundos el boxeo y le dijo:

—Jorgito, ¿quieres practicar boxeo?

—No.

—¿Te gusta o no te gusta?

—Me gusta verlo.

—Pero no estar tú ahí recibiendo golpes.

—Se dan duro. ¡Y diez rounds! Ufff...

Carola, la madre de ellos, se asoma a la puerta de la cocina y dice:

—Sabrina, ven y ayúdame. ¿Qué haces?

—Nada.

—Ven.

Prepara una panetela. Tiene las claras de seis huevos en un bol.

—Haz el merengue. Voy a hacer la natilla de chocolate para poner entre capas.

—¿Y para qué estás haciendo esta tarta?

—¿Ya se te olvidó que hoy es el cumpleaños de tu padre?

—Sí, ya lo felicitamos esta mañana en el desayuno. Lo había olvidado.

–Y ahora le vamos a dar esta sorpresa.

–Uhmm.

Al rato, Sabrina dice:

–Listo, Carola. Ahí tienes el merengue.

–No me digas Carola.

Sabrina pone la boca como un embudo cerrado y repite:

–Mamá-mamá-mamá-mamá... Bueno, ya. Tengo que hacer unas tareas de la escuela.

–Deberías aprender a hacer esto, Sabrina.

–¿Por qué?

–Tienes que aprender a cocinar.

–¡No, hombre, no! Horror. ¿Para qué?

–¿Cómo que para qué? Las mujeres tienen que aprender a cocinar, a lavar, a planchar, todo lo que hay que hacer en una casa. O serás una inútil toda la vida.

–No me interesa cocinar. No insistas más, Carolita-Carolínea-Carolingia. Todos los días me dices lo mismo.

–¿Y qué te interesa, si se puede saber?

–Otras cosas.

–¿Por ejemplo?

–Meterme en el ejército, aprender a conducir un tanque y reventar todo lo que sea un obstáculo. ¡Todo, todo!

–Uff, tú no estás bien de la cabeza.

–Adiós, señora. Un placer conocerla y ser vecinas. Me voy para Marte. O más allá. Quizás llego a Júpiter. Suerte, Carola. Y salude a su marido de mi parte.

Sabrina entra a su cuarto, cierra la puerta y pone el seguro. De nuevo se sienta sobre la esterilla en postura de loto. Respira profundo varias veces, cierra los ojos y tranquilamente se pone a meditar.

SERES MALVADOS

Parecía que la vida se había detenido de golpe y sin previo aviso. Como si faltaran unas horas para el final. O que había caído en un hueco negro y profundo. O quizás, de un modo más simple, la vida se disolvía como humo y desaparecía en el aire. Marian pensó durante unos minutos en estos términos mientras concentraba su mirada en la hermosa frondosidad de las malangas y de las buganvilias blancas y rosadas, florecidas en esta época fría del año. Meses de invierno tropical. Entró a la casa y preparó un té. Tenía sesenta y ocho años, aunque muy bien llevados. Aparentaba diez menos. Unos días antes se había separado de su marido después de veinticuatro años de matrimonio. Con infidelidades mutuas y frecuentes. Aceptadas y disfrutadas por ambas partes. Un matrimonio abierto y cómodo. Pero ahora había perdido la seguridad en sí misma. Sufría la impresión de que toda su vida amorosa, más bien su vida sexual, había sido desde siempre un gran error. Confusa, desordenada, caótica y frenética. Era una historia larga que comenzaba en su adolescencia y saltaba como un potro salvaje, de hombre en hombre, sin orden ni concierto. A veces alguna mujer también. Ahora nada de lamentos ni arrepentimientos. A lo hecho pecho, se dijo a sí misma. No podía alimentar ideas destructivas ni hacerse daño ni entrar en una depresión prolongada. Abrió el librito de Séneca sobre la ira y leyó un párrafo que había subrayado en rojo: «Dado que en el fondo no somos más que seres malvados viviendo entre seres malvados, practiquemos la amabilidad los unos con los otros. Lo único que puede devolvernos la serenidad es un pacto de indulgencia mutua». Bueno, al menos debía ser indulgente consigo misma. Podía ser indulgente consigo misma y seguir adelante. Aceptar todo y ya. No dar vueltas por gusto. Recuperar la serenidad, dice Séneca, mediante la indulgencia y el estoicismo.

Marian y Alberto vivieron su matrimonio en una complicidad tan excepcional que se creían invulnerables. Y además todo era una trama de novela extravagante, pero real y tangible. Alberto era nieto del zar Nicolás Segundo. Es decir, era hijo de un hijo bastardo del zar fusilado en 1918 por los bolcheviques. Su padre huyó en 1917, como miles de rusos blancos, hacia París. Por supuesto, no poseía documentos legales que legitimaran su nobleza, pero su padre le repitió la historia mil veces y le aseguraba que eran aristócratas moscovitas. Despojados por los bolcheviques de sus tierras y su fortuna y de sus privilegios y grandeza por pertenecer a la corte. Y suerte que huyeron a tiempo y conservaron la vida. Además, y esto era esencial, poseían intacta una gran dignidad y un orgullo impecable, aunque tuvieran que trabajar de camareros en los cafés de París. Alberto hablaba cinco idiomas fluidamente. Ruso, inglés, francés, español y alemán. Entendía perfectamente el húngaro, el rumano y el búlgaro, y podía comprender más o menos otros idiomas europeos difíciles como el finés, el danés y el noruego. Tenía un cerebro privilegiado y excepcional. Jugaba al ajedrez y ganaba siempre. Y practicaba el ocio como una religión, ya que era un aristócrata.

Vino a La Habana con apenas veinte años, solo por unos días y, nunca se explicaba por qué, se quedó a vivir aquí para siempre. Decía que era muy interesante y que algún día escribiría unas memorias extraordinarias que se convertirían en un *bestseller*, y se haría millonario.

Ahora el matrimonio lo aburría y se enamoró perdidamente de una jovencita de veinte años, a quien le impartía clases de inglés y alemán. Ya no soportaba la presencia de Marian. Llegaron a un punto en que se odiaban mutuamente, y discutían de un modo tan violento que rozaban la esquizofrenia. La psicología clasificaba ese estado tan paranoico como «borderline». Es decir, fronterizo, extremo con la locura. Alberto pensó varias veces en averiguar cómo, sin llamar la atención, podía comprar arsénico y cianuro y resolver todo de un modo tajante y definitivo.

Marian había leído en una revista que después de una separación tenemos que aprender a estar solos, fortalecer la autoestima, hacer el duelo y endurecernos, para evitar la depresión y el regreso a la misma relación dañina y tóxica o liarnos con el primer hombre que aparezca. El último consejo era: todo es pasajero. Ya pasará y seguiremos adelante.

También tenía una gripe fuerte que la dejó débil y adolorida. A su edad sabía que no encontraría una nueva pareja. Bueno, tal vez sí, pero era muy improbable. Y en el fondo no deseaba nada más. No tenía deseos de tocar a un hombre, ni besar, ni rozar. Nada. Ni que la tocaran a ella. Su cuerpo no estaba mal, pero sexualmente no necesitaba nada más. Se consideraba bien servida. No podía quejarse. Los años con Alberto fueron apasionantes. Los restantes los viviría sola. Tendría que fortalecerse, como hacen millones y millones de mujeres en todo el mundo, que, a su edad más o menos, quedan viudas. O su marido las abandona por una muchacha más joven. Así que es algo común y corriente. Nada excepcional. No quejarse. Nada de lamentos. Las quejas solo atraen negatividad. Un psicólogo, al que fue una sola vez, después de escucharla apenas diez minutos, le dijo que era ninfómana. Y le precisó más: «Ninfómana profunda. Va a ser muy difícil que usted cambie a esta edad. Aceptarse. Tiene que aceptarse. La ansiedad y el insomnio vienen de ahí. Usted se rechaza a sí misma y cada nuevo hombre es un intento, una búsqueda de aprobación». Ella tragó la furia que le originó aquel diagnóstico tan agresivo, esquemático, precipitado y estúpido. Apenas la escuchó unos minutos y ya había sacado conclusiones tajantes. Pensó que el tipo era un machista de mierda. Unos minutos después se puso de pie abruptamente, le dio las gracias al psicólogo y se fue. Jamás volvió a pedir ayuda. No la necesitaba. Y punto. Poco después leyó en una revista que a Marguerite Duras la expulsaron en 1950 del Partido Comunista Francés por «una moral dudosa, ninfomanía y arrogancia». Pero la Duras nunca cambió. Siguió igual hasta el final, aunque el alcoholismo, el ego exacerbado y el *delirium tremens* la amargaron y arruinaron el último tramo de su vida.

Marian había sido una mujer muy atractiva. Por eso le es más difícil aceptar con tranquilidad la vejez. Al menos tiene una casita y cierta comodidad. Y un karma al parecer no muy complicado ni trágico. Así que toma distancia y ríe, se dijo a sí misma. Fuiste ninfómana. Sigues siendo ninfómana. No le des más vueltas. Ninfómana. ¿Y qué? Seguramente existe Ninfómanas Anónimas. NN.AA. Aquel psicólogo imbécil tenía razón. Pero ya pasó. Y vas bien, Marian, que no estás enferma. Le gustaban los jóvenes vigorosos, incansables. Mejor si eran negros. Ya pasó,

Marian, relájate. Has gozado mucho en esta vida pero ya es historia. Deja el pasado en su lugar. En la última gaveta de la cómoda guardaba una caja de cartón con fotos. Las contó una vez más. Setecientos ochenta y cuatro. Tenía la costumbre de hacerse algunas fotos con sus amantes. Era un hábito, un vicio. Como un pequeño archivo muy privado, y solo parcial. Allí no aparecían todos los hombres con los que se había acostado. Solo algunos. Eran fotos pequeñas tamaño postal, en blanco y negro. Ella y su amigo del momento. No recordaba los nombres. Es decir, recordaba los nombres de unos pocos, casi todos mucho más jóvenes que ella. Fue mirando y ya de la mayoría se había olvidado completamente. No recordaba cuándo, dónde, qué pasó. Nada. El tiempo implacable. Encontró una de un muchacho que nunca había olvidado. Carlitos. Fue alumno de ella en un instituto tecnológico. Ella era profesora de Historia de la Arquitectura y él era un alumno brillante y excepcional, y además bellísimo. Parecía un actor de cine. Ella no perdió tiempo. Lo engatusó de algún modo, ahora no podía recordar cómo fue ni adónde lo llevó, pero sí recuerda que era un muchacho dulce y cariñoso. Salieron unas cuantas veces. Ella siempre lo invitaba y él se dejaba querer. Decía que le gustaban las mujeres maduras. Terminaban en la cama. Siguió mirando las fotos. Tenía tres de ella y Carlitos en la playa. Recordó con intensidad aquel amor pasajero y la calidez de aquel muchacho. Muy fogoso, además. Le invadió una sensación de nostalgia y tristeza. Cerró la caja y la guardó.

De nuevo se nubló y el aire frío del norte sopló con más fuerza. Con frecuencia había pensado últimamente en su muerte. Divagaciones. Es un alivio no saber cuándo ni cómo ocurrirá. Así podía concentrarse en lo que hacía.

El único animal que sabe que va a morir es el ser humano. De ahí el miedo, el pánico inconsciente. Lo había leído una vez en algún libro, pero no recordaba con exactitud. Escribía un librito sobre historia de la arquitectura en las comunidades primitivas. Solo tenía el título: *Prehistoria de la arquitectura*. Hacía treinta años que investigaba y tenía material más que suficiente, pero no se decidía a escribir el primer párrafo. Todo había empezado cuando, a los treinta y cuatro años, integró un equipo para indagar en un «palenque», es decir, unas cuevas donde vivieron cimarrones, negros esclavos fugados de las haciendas. Era un lugar casi inaccesible, en las montañas de Bahía Honda, al oeste de La Habana. Encontraron todo organizado. Camas de varas de madera, cazuelas, leña. Todo bien ordenado aunque hacía tal vez cien años que habían abandonado aquel lugar. Y seguramente escaparon corriendo, perseguidos por los rancheadores y sus perros entrenados para matar negros.

Algo la paralizaba con aquel material. Además de leer a los estoicos, estudiaba el zen. Pensó que el tao no funciona de un modo evidente. La vida no es una flecha certera y perfecta, sino un accidente alimentado por imprevistos. Y siempre retorna al principio. Una circunferencia. Un eterno retorno. De ahí que tuviera que encontrar un punto que le permitiese iniciar la escritura. Mientras no apareciera ese momento no podría escribir.

Se puso a hojear unas viejas revistas americanas y francesas que usaba para recortar y hacer collages. Era muy entretenido. En una encontró un texto de Max Ernst: «El año 1919, encontrándome un día de lluvia en una ciudad de la ribera del Rin, me vi sorprendido por la obsesión que ejercían sobre mi mirada irritada las páginas de un catálogo ilustrado donde figuraban objetos». Max Ernst comenzó en ese momento a hacer collages a partir de los recargados grabados victorianos que publicaban las revistas de la época. Los famosos grabados victorianos. Bueno, ya tendré yo mi día de lluvia también, y mi propia epifanía, se dijo a sí misma. Y empezó a recortar figuras de la revista. Quería armar unos cuantos collages. Divertidos. Para entretenerse y no pensar tanto en lo mismo. Y, en efecto, cuando llevaba una hora recortando papeles y pegando, armando nuevas imágenes, sintió como se relajaba y desaparecía la ansiedad. Ya pasarán los días, y olvidaré todo, se dijo. Hay que olvidar. Tengo que olvidar. Cogió una libreta donde a veces escribía poemas. Buscó una hoja en blanco y, sin pensar, automáticamente, escribió: «Quisiera ser el detonador de una bomba».

ABUNDANCIA DE PECES

Miguel Ángel, muy satisfecho, observó el maletero del carro abarrotado de peces grandes y hermosos. Más de doscientos, en dos sacos de yute. Tenía una lancha con motor fuera borda. Cada tres o cuatro días iba a un sitio apartado y poco profundo de la bahía, donde había preparado el comedero. Tiraba un poco de carnada que se iba al fondo, y los peces venían a comer, como si estuvieran amaestrados. Engoados, decía él, en la jerga de los pescadores. Primero hundió allí unas piedras y unos bloques de cemento, de modo que en el fondo formaran un arrecife artificial. Sobre ese lugar, cada unos pocos días, lanzaba la carnada. Solo para enviciarlos. Allí encontraban alimento fácil.

Cada quince o veinte días los pescaba. Primero les tiraba un poco de carnada, para que se reunieran a comer, y un minuto después aplicaba su técnica infalible. Enseguida los peces emergían a la superficie. Unos muertos, otros aturdidos, algunos despedazados e inservibles. Él recogía solo los que habían quedado con el cuerpo entero. Medio vivos. Aleteando, intentando sobrevivir. Llenaba la lanchita y regresaba. Los muy destrozados no se desperdiciaban. Quedaban como alimento de sus colegas, pensaba siempre.

45

Al mediodía Cuca tocó a la puerta de Nereyda, su vecina, y le regaló dos hermosos pargos:

—Mira, qué lindos. Miguel Ángel fue a pescar esta mañana.

—Oh, Cuca, muchas gracias, pero me da pena con ustedes, no, no...

—Sí, sí. Pescó muchísimo, como siempre.

—Bueno. Muchas gracias.

Vivían en el primer piso de un edificio pequeño pero moderno y limpio, frente a la bahía. Dos apartamentos en la primera planta, una puerta frente a la otra. Era un buen lugar, con la brisa continua del mar. Pisos mínimos pero con un balcón amplio, y la bahía a unos metros. Al lado estaba el solar de Pancho Miseria, que consistía en media cuadra de casuchitas de madera desvencijadas, recostadas unas a otras, y gente muy pobre. Pero se mantenían las distancias y había tranquilidad.

Nereyda preparó los pescados, los picó en ruedas y los hizo fritos. Cenaron temprano y solo terminaron un pargo. Eran muy grandes. El otro, después de freírlo en aceite, lo puso en escabeche con vinagre, aceite de oliva, sal y especias. En dos o tres días estaría mejor aún. Recogió los platos, fregó, hizo café y se sentaron en la sala a fumar. Ella y Alfredo. El niño, aburrido, se fue al balcón y se sentó un rato. Después buscó unos cómics de Supermán, Batman y Marvel y se puso a mirar con detenimiento los dibujos y a copiarlos en un cuaderno. Los había leído por lo menos diez veces. Ya se los sabía de memoria. Le parecía muy difícil lograr las proporciones correctas en los cuerpos y nunca lo lograba a la primera. Pero insistía. Borraba y repetía una y otra vez. Le gustaba dibujar a lápiz. Lo disfrutaba. Nereyda le preguntó:

—¿Ya hiciste las tareas de mañana?

–Sí. Y estudié Historia y Geografía.

–¿Y Biología?

–Mañana no toca Biología.

–Está bien.

Entonces se dirigió a su marido:

–Yo le agradezco a Cuca que nos regale esos pescados, pero me da pena. Todos los meses...

–Que no te dé pena. Total, él no pasa trabajo.

–¿Que no pasa trabajo? Esas atarrayas mojadas deben pesar muchísimo y ya no es joven.

Alfredo bajó la voz. Era imposible que los vecinos lo oyeran a través de la pared, pero instintivamente habló en un susurro:

–Él no pesca con atarraya.

–Eso es lo que me ha dicho Cuca.

–Pesca con explosivos.

–¡¿Ehh?!

–Lo que oyes. Y no se lo puedes decir a nadie. Los revienta. Usa unas latas con pólvora y dinamita. Y una mecha. Y los revienta.

–Pero eso será ilegal.

–Claro. Es como cazar palomas con una ametralladora. Pero da igual. Nadie se mete con él. Vive y deja vivir.

–¿Y cómo sabes eso?

–El mes pasado lo vi allá abajo, frente al edificio, con el maletero lleno de pescado. Tenía tres sacos repletos. Me llamó para que le ayudara a subirlos. Y me regaló dos. Grandísimos. ¿Te acuerdas? Estaban buenos.

–Sí, claro que me acuerdo. Y no eran dos. Te regaló tres.

–Le pregunté y me dijo lo de los explosivos, pero que no se lo dijera a nadie.

–¿Y debajo del agua explotan?

47

–Sí, porque prepara un poco de pólvora y dinamita y una mecha corta, todo dentro de una lata bien cerrada herméticamente. Pone una mecha muy corta, tira la lata al agua y explota a dos o tres metros de profundidad. Dice que mata o deja turulatos a todos los que estén alrededor.

–Pero él no tiene confianza contigo para explicarte todo eso con tanto detalle.

–En ese momento me ofreció un trabajito de ayudante en su carpintería. Subimos a su apartamento, tomamos una cerveza y hablamos.

–¿Y por qué te guardaste todo eso? Me entero ahora.

–No sé. Lo de los explosivos es mejor ni hablarlo. Porque quién sabe cómo consigue la dinamita, las mechas y todo eso. Si lo traba la policía, ya tú sabes. Tremendo lío.

–¿Y la oferta de trabajo?

–Paga muy poco. Gano más en el garaje. En cuanto me dijo el sueldo desconecté y se me olvidó enseguida. Es muy camaján. Él sabe que con ese dinerito nadie puede mantener una familia.

–Lo bueno es que aprendes el oficio.

–Sí, carpintero de ribera es un buen oficio, y me gusta. Pero no puedo. Paga la mitad de lo que gano en el garaje. Nos morimos de hambre.

–Paga poco porque mucha gente quiere ese trabajo. Para aprender.

–Los ayudantes no le duran. Dos o tres meses y se van. Él los echa, para que no aprendan. Y encima les paga una miseria.

–Es un bicho el vecinito.

–No quiere competencia. No quiere enseñar a nadie. Hace bien. Si fuera yo haría lo mismo.

–No lo creo. Es un tramposo. Tú no eres tan egoísta. Ni tan abusador.

48

–Es un artista. Hay que reconocerlo. Yo he estado en su carpintería. Ahora está haciendo unas canoas de competencias. Para cuatro remeros. Una maravilla. Una belleza. Está haciendo dos.

–Así cobrará.

–Sí. Ya quisiera yo... No sé por qué viven aquí. En estos apartamentos incómodos, tan chiquitos. Es para que tuvieran un buen chalet en la playa.

Guardaron silencio. Nereyda, con los ojos cerrados, le dijo:

–A mí también me ofrecieron trabajo. Esta tarde.

–¿Quién?

–Andrea, la modista de aquí al doblar.

Andrea tenía su negocio cerca del edificio, al doblar la esquina. Era una mujer elegante, con una clientela escogida. Tenía estilo de persona fina y sobresalía en aquel barrio.

–¿Qué te ofreció?

–Coser. Pero aquí en casa. En mi máquina.

–Bueno, está a dos pasos.

–Le dije que sí. Empiezo mañana. Por la mañana recojo las piezas, con los ajustes marcados. Y se los llevo de regreso al mediodía. Hay que trabajar rápido. Y no tengo nada que ver con los clientes, ni hablar con ellos. Ese tipo de gente fina es muy resabiosa y muy exigente.

–¿Paga bien?

–Es un ajuste por piezas y va pagando al día.

–Ah, mejor.

Sonó un silbato de cartero, en la calle. Y se escuchó una voz que gritaba:

–¡Nereyda López! ¡Telegrama!

Nereyda se quedó paralizada. Alfredo se asomó al balcón y le pidió al mensajero que subiera. Recogió el sobre,

49

le dio una peseta al hombre. Y extendió el telegrama a Nereyda. Tenía un cuño, con tinta violeta: URGENTE.

–¡Dios mío! ¿Qué será? Léelo tú.

Alfredo lo abrió y leyó:

–«Isabel murió esta tarde. Entierro mañana tarde. Te esperamos. Besos. Mamá».

Nereyda no habló. Se echó a llorar inconteniblemente y repetía:

–¿Pero de qué murió? ¿Qué le pasó? ¡Tan jovencita! ¡No puede ser verdad!

Alfredo la abrazó y guardó silencio. Mejor que llorara bastante. Al menos es lo que dicen los viejos.

Carlitos se abrazó también a ella y en un momento lloraba. Unos minutos después, Nereyda al fin logró contenerse y acarició la cabeza de su hijo:

–Ya, Carlitos, ya. No llores más. Tú tía Isabel murió hoy. Pero ya, no llores, hijo.

El niño tenía ocho años y la palabra muerte le trajo de nuevo el recuerdo horrible de su abuela paterna en el ataúd. Un año atrás. No recordaba los detalles. Solo que el velorio era en el campo. La casa de los abuelos estaba situada en medio de la finca, un naranjal, donde él había jugado tantas veces con sus primos. Ellos llegaron de madrugada. Había mucha gente. Y el ataúd y las flores en la sala. Aquel olor agobiante, denso, húmedo, de las flores marchitándose. Y aquella enorme cantidad de tíos, primos, vecinos, amistades. Todos tristes y alicaídos. Él no quería ver a su abuela ya muerta. Pero su padre lo obligó. «Sí, sí, cómo no. Tienes que ver a tu abuela y despedirte de ella.» Él que no y su padre que sí. Casi a rastras lo llevó hasta el féretro y lo obligó a mirar el rostro pálido, envuelto en una sábana blanca. Fue tanto el dolor que lloró muchísimo. De vez en cuando recordaba aquel momento trágico, innecesario y absurdo. Con los años comprendió que, además, aquel episodio lo llevó a alejarse de su padre y a esperar siempre algo malo de él. Que lo obligara de nuevo a hacer algo estúpido, malsano y doloroso. Se abrió una brecha entre ellos. Para siempre. Una brecha de silencio. Ahora la herida sangraba. No había curado. Muchos años después comprendió que aquel incidente lo llevó a ser más independiente. Desde entonces le gustaba tomar sus propias decisiones, sin preguntar a nadie, sin dejarse influir por otras opiniones. No permitir jamás que alguien se inmiscuyera en su vida.

Nereyda fue hasta un pequeño altar que tenía en un rincón de la sala. Colgado en la pared un cuadro con una imagen de santa Bárbara. Rezó algo muy breve, en voz baja, con las manos unidas y mirando fijamente a la santa. Se volteó y dijo:

–Alfredo, tengo que irme. No puedo perder tiempo.

–Sí, pero yo voy contigo.

–Tú sabes que no tenemos dinero. Y no puedes perder tres o cuatro días de trabajo...

–Puedo pedir prestado.

–No vas a pedir ni un peso prestado. No hace falta. Pon los pies en la tierra. Yo me voy sola y tú cuidas al niño.

–Bueno, está bien. Yo arreglo los horarios en el trabajo.

–Carlitos no puede perder ni un día de clases.

–No te preocupes. ¿Vas a estar muchos días?

–¡Alfredo, por favor! ¡Yo qué sé! No sabemos nada. No me preguntes nada. ¡Dios mío, qué castigo! ¿Por qué tan jovencita?

En cinco minutos, arregló una pequeña maleta con lo imprescindible. Se despidió con un beso y un abrazo a cada uno y salió disparada a la calle, en busca de un taxi que la llevara a la estación de ómnibus. Tenía que ir a La

Habana, a cien kilómetros. Y desde allí, en otro ómnibus, hasta San Luis, el pueblo donde vivía su familia.

Estuvo ausente cuatro días. En ese tiempo Alfredo y Carlitos conectaron bien. Alfredo preparó las comidas y comían juntos. Ayudó al niño con sus tareas del colegio. La segunda noche lo llevó a comer a Los Dos Amigos, un restaurante chino cerca de la casa. Se sentaron en el reservado, con aire acondicionado, en unos asientos *pullman*, forrados con un plástico rojo. El camarero conocía a Alfredo y fue muy amable con ellos. Hasta cortó en pedacitos el bistec del niño. Pero el aire acondicionado estaba muy alto y la carne se enfrió enseguida y se endureció. Carlitos nunca olvidó aquella cena porque tuvo que masticar más la carne dura y fría. Así que la amabilidad del camarero resultó contraproducente. Y además fue el primer restaurante que visitó. Todo quedó grabado en su memoria como algo muy importante y trascendental. Recordó cada detalle durante el resto de su vida: el color rojo del hule de los asientos, las litografías de paisajes chinos colgadas en las paredes, los adornos azules y dorados de los platos, la servilleta de tela blanca (las conocía solo de papel), el olor delicioso de los frijoles negros con un chorro de aceite de oliva por encima. El frío excesivo que lo hacía temblar. Y la voz del camarero, muy bien modulada, lenta, baja, transmitía tranquilidad. Sonreía apaciblemente y no tenía prisa.

Alfredo hablaba poco, por su propio carácter, más bien introvertido. Todo lo contrario de Nereyda que siempre tenía a su alcance temas para hablar sin parar. Alfredo intentó encontrar motivos de conversación con su hijo, más allá del colegio y las notas. No se le ocurría nada. Era un hombre honrado y trabajador. Y nada más. No creía en Dios ni practicaba ninguna religión ni tenía una imaginación despierta. Algunos amigos lo invitaron a entrar en una logia masónica, pero él rechazó la idea sin averiguar mucho del asunto. Vivía en silencio, como si vivir no tuviera importancia y él resbalara, aburrido y sin esfuerzo, sobre la dura corteza de los días. La verdad es que lo único que le atraía eran el dominó y el beisbol.

Al final fueron tres días y cuatro noches. Nereyda se había marchado el martes por la noche. Y regresó el sábado al mediodía. Le trajo un regalo a Carlitos: un frasco de caramelos de colores, muy bonitos. Había llamado a Alfredo al teléfono del garaje el miércoles por la tarde y le contó brevemente:

–Se suicidó. Tomó un veneno para ratas. Fue horrible. Se quemó toda la boca. Parece que ese veneno tiene ácido...

El llanto no la dejó continuar. Se contuvo un poco y reanudó:

–La sepultamos esta tarde. Mamá está muy mal. Me voy a quedar dos o tres días.

–Sí, mi amor, está bien.

–¿Y Carlitos? ¿Cómo te arreglas con él?

–Bien. Lo llevo al colegio por la mañana y después Cuca lo recoge a la una, le da el almuerzo y lo cuida hasta que yo llego por la noche.

–¿La vecina?

–Sí, Cuca.

–Ah, bueno, mira... ¿No la estaremos molestando demasiado?

–No, no. Se ve que lo hace con ganas de ayudar.

–No le digas a nadie que mi hermana se suicidó. No quiero...

–No se lo digo a nadie. Está bien. ¿Se sabe algo?

–¿De qué?

–Del suicidio. ¿Por qué lo hizo?

–No. No dejó una carta ni nada. No sabemos.

–Era muy joven.

–Veintidós años.

–Tendría problemas con algún novio...

–Eso pensamos. Tenía un novio y ya hablaban de la boda. Parece que habían discutido. Ella era muy romántica. Muy sentimental. Pobre hermanita mía. Lo peor es que ahora se quedan solos mamá y mi hermano Abel.

–Con el tiempo se acostumbran.

–Sí. Después hablamos más. Te llamo mañana o pasado. No tengo más monedas.

–Está bien. Cuídate mucho.

–Y tú cuida al niño.

–Sí. No te preocupes.

–Pienso regresar el sábado. No es seguro porque mamá está con la presión alta.

–No hay prisa. Aquí vamos tirando.

–Sí. Bueno, mi amor. Un beso.

–Un beso.

Nereyda no llamó de nuevo. Regresó el sábado al mediodía. El niño estaba en el apartamento de Cuca. Ese día no tenía clases. Agradeció a la vecina la ayuda que había dado. Habló muy poco. Y le dijo que su hermana murió de repente y que no se sabía bien si fue el corazón que le falló. Cuca no preguntó más, pero percibió que no era la verdad. Solo le dijo:

–Tu marido me dijo que tienes más hermanos.

–Sí, pero cada uno en su casa. Solo queda uno soltero en la casa. Isabel era... bueno. Mamá se ha quedado muy mal. Abel trabaja. En la vega todo el día. Y mamá sola. Pensando.

–No es para menos. Que se muera un hijo debe ser algo muy duro.

Nereyda de nuevo empezó a llorar. Cuca la consoló:

–Llora, Nereyda. Hay que sacar ese dolor para afuera.

Pero se controló. Cuca le dijo:

–Y no cocines que vienes muy cansada. Te voy a dar una fuente de arroz a la chorrera con pescado. Quedó riquísimo. Lo calientas nada más y listo. Hice bastante.

Nereyda se llevó la fuente llena hasta los bordes. Sirvió la cena al niño a las siete, pero ella no probó bocado. No le apetecía. Pasó la tarde tomando café y fumando. Sentada en el balcón, frente al mar. Alfredo llegó a las nueve de la noche. Se duchó y comió:

–¿Por qué no has comido, mi amor? Está buenísimo este arroz.

–No quiero.

–¿No tienes hambre?

–No es eso.

–¿Y qué es? Tienes que comer. No puedes abandonarte.

–No me estoy abandonando. Es por ese pescado... con explosivos... Es repugnante.

–Ahh... Bueno, no sé. A mí me da igual. Es pescado fresco, acabado de pescar.

–Me repugna. Ese hombre me cae mal. Y no les voy a aceptar que nos regalen más pescado. Somos cómplices de algo mal hecho.

–Estás exagerando. Miguel Ángel no es mala persona y Cuca me ayudó con el niño todos estos días. Fue muy amable. Son muy amables, los dos. Y además somos vecinos puerta con puerta. Hay que tratar de llevarnos bien.

Al día siguiente, domingo, por la mañana, Cuca tocó a la puerta. Nereyda la invitó a pasar y a tomar una taza de café.

–Gracias, hija, gracias, pero acabo de desayunar.

–Nosotros vamos a desayunar ahora.

–Sí, es muy temprano. Mira, si ustedes están de acuerdo, queremos llevar a Carlitos al club Amigos del Mar. Ahora a las diez empieza el Festival Acuático de Verano.

El club se veía desde el balcón, situado sobre un muelle ancho y grande. No era demasiado exclusivo. Solo había que pagar una cuota y tener un yate, una lancha, practicar esquí acuático, pesca o buceo, es decir, algún hobby relacionado con el mar, y las recomendaciones de tres miembros. Alfredo y Nereyda vivían muy lejos de aquel mundo. Ni siquiera sabían nadar y no les gustaba el mar, eran gente de tierra adentro. Cuca insistió:

–Es que hay una fiesta infantil, con juegos, una piñata y van a rifar una bicicleta, unos patines y otros juguetes. Creo que a Carlitos...

–Sí, pero, no sé. El mar ahí es profundo. Él no sabe nadar y...

–La fiestecita es en el salón principal. No se va a acercar a la mar. Y lo vamos a cuidar como si fuera nuestro nieto. No se preocupen. Carlitos es un buen niño. La verdad es que no da trabajo. Y a lo mejor gana algo en la rifa. ¡La bicicleta!

–Sí. Bueno, Cuca, está bien. ¿Carlitos, escuchaste la invitación? ¿Quieres ir?

Carlitos terminó su desayuno en un instante. Se vistió y salió con Cuca y Miguel Ángel. Nereyda se quedó sola en casa. Hoy le tocaba trabajar a Alfredo y se había ido a las siete de la mañana. Se asomó al balcón y vio como los tres se alejaban y se dirigían al club. Miró a la bahía y estuvo un buen rato con la vista fija en un barco mercante que se alejaba lentamente, sobre la línea del horizonte. Hacía días que dormía poco y mal, con pesadillas. Nunca se había sentido tan perturbada, tan incoherente. Era una mezcla de rabia, dolor, incertidumbre, impotencia y dolor de cabeza. No sé, no sé, se dijo a sí misma. Ojalá que el tiempo pase rápido. Tenía deseos de llorar pero ya había llorado tanto que no le quedaban lágrimas.

Fue al dormitorio, abrió la maleta. Sacó toda la ropa sucia, un par de zapatos y sus cosas personales. En el fondo de la maleta vio el tubo del veneno: PASTA ELÉCTRICA. CUIDADO. VENENO PARA RATAS Y RATONES. Todo impreso con grandes letras en rojo y amarillo sobre el tubo metálico y flexible. Faltaba la mitad del contenido. A simple vista parecía un tubo grande de pasta dental. Leyó todos los impresos. Le quitó la tapa y depositó una pizca en la palma de su mano. Lo olió. No tenía olor. Lo probó con la punta de la lengua. Horrible. Era como ácido picante. Le ardía en la piel de la lengua y se asustó. Y pensó fugazmente: «Murió arrepentida. Cuando se tragó esto se arrepintió, pero ya era tarde. Pobre hermanita mía». Fue corriendo al baño, se enjuagó bien y se cepilló los dientes. Abrió el armario y colocó el veneno al fondo, bien escondido detrás de las toallas.

ORO, MUCHO ORO

La boca del tubo tenía sesenta centímetros de diámetro y arrojaba un chorro continuo de lodo mezclado con agua de mar. La enorme draga, anclada a quinientos metros de la orilla, absorbía el fango del fondo de la bahía. De ese modo limpiaba la zona cercana a los muelles. Una flota de treinta camiones grandísimos cargaba el lodo y lo trasladaba a unas canteras abandonadas. Era un hoyo profundo y gigantesco, al aire libre. Allí lanzaban su carga. Los camiones trabajaban continuamente, pero la montaña de fango en la orilla crecía más y más. Unos cien hombres, con unas palas, removían y buscaban algo entre el cieno. Alejados, a unos doscientos metros, había tres empleados del Banco Nacional sentados bajo una sombrilla grande. Todo estaba calculado. En cualquier momento empezarían a brotar lingotes de oro y de plata entre el fango. Y todo, por ley, pertenecía al Estado.

El 10 de junio de 1628, hacía trescientos treinta y cinco años —estamos en 1963— el holandés Piet Hein (corsario, asesino y delincuente despreciable según los españoles; almirante, héroe y patriota genial para los holandeses) atacó y capturó la Flota de las Indias. También conocida como Flota de la Plata. Dieciséis barcos cargados de oro, plata, esmeraldas y otras piedras preciosas, además de cochinilla, especias y otros productos muy valiosos. Salían de Cartagena de Indias y de Veracruz, ya cargados con los tesoros. Se reunían en el puerto de La Habana donde se abastecían de agua, carnes saladas y provisiones y partían, fuertemente custodiados, a cruzar el Atlántico hasta llegar a la Torre del Oro, a orillas del Guadalquivir, en Sevilla. Y allí comenzaba la Ruta de la Plata. Esa es otra historia.

Piet Hein asedió la flota desde que abandonó el puerto bien protegido de La Habana. La capturó cien kilómetros al este, en la bahía de Matanzas. Saqueó todo y hundió algunos barcos. Pocos españoles salvaron la vida. El almirante Juan de Benavides tuvo la osadía de regresar con las manos vacías a España. El rey Felipe IV, rabiando por la pérdida y el deshonor, mandó encerrarlo y le aplicaron la pena capital.

Era lógico suponer que al fluir el fango del fondo de la bahía empezarían a aparecer lingotes de oro y plata. Así, fácilmente. Y el Tesoro de la República engrosaría sus escuálidas arcas.

Al segundo día de dragado, Carlitos se montó en su bicicleta y fue a los muelles. Llevaba una pala. Preguntó a la gente que ya removía el lodo. No. Hasta ahora no ha aparecido nada. Hay que seguir. Mira, le dijeron, lo que está apareciendo son tenedores, cucharas, jarros y pedazos de cosas. Todo, menos oro y plata.

Cuando oyó esto, se fijó en una buena cantidad de esos objetos que habían apartado los otros. No se dejó desanimar y empezó a revolcar el lodo con su pala. Un par de horas. Se cansó bastante. El sol ardía en su cabeza. También encontró un jarro de estaño, unas cucharas, un pedazo de una pipa de cerámica y unas hebillas. Al mediodía llegaron otras personas y montaron una mesa bajo otra sombrilla, junto a la gente del banco. Alguien dijo que eran del museo y que compraban todo lo que apareciera. Carlitos no perdió tiempo. Llevó tres cucharas, el pedazo de la pipa de cerámica, un jarrito y dos hebillas. Querían darle catorce pesos. Le dijeron que pagaban dos pesos por cada pieza. Carlitos discutió. Al final sacó veinte pesos. Le hicieron firmar un recibo. Y se fue. Estaba extenuado y embarrado hasta la cintura de fango apestoso. Demasiado duro, ese trabajo bajo el sol tan violento.

Cuando llegó a su casa, Nereyda no lo dejó entrar. Hizo que se quitara la ropa y los zapatos. Entró en calzoncillos y directo a la ducha.

–¡A ti nada más se te ocurre hacer eso! ¿Qué encontraste? Cabeza hueca. ¡No piensas!

–Ya, mami, ya. A lo mejor voy mañana otra vez.

–¡No vas a ir a ninguna parte! A ver si coges un parásito metido en ese fango apestoso. Hay bichos que entran por las uñas. Eso lo hace la gente sin cerebro, los analfabetos, pero tú has estudiado. ¡Debieras pensar un poquito!

–Yo creo que sí hay oro en ese fango.

–Carlitos, ¡usa el cerebro! Esos piratas asaltaron a los españoles hace ya... quinientos años.

–Sí. Trescientos y pico.

–Ah. ¿Cuántos ciclones y tormentas y de todo en ese tiempo? Quién sabe adónde fue a parar todo eso. Si los piratas dejaron algo, porque lo dudo.

–Bueno, los del Banco deben saber. Y están allí. No se mueven. Y observando a todo el mundo para que nadie pueda robar.

–Sí, claro, limpiecitos y a la sombra y tomando Coca-Cola fría... Así cualquiera.

–Voy a bañarme.

–Báñate para que almuerces. Y olvídate de esa gente. Eso es un cuento chino. Sigue con el helado que te va mejor.

–Hace tres semanas que no traen helado.

–Sí, yo sé. Dice tu padre que la fábrica se rompió y que no tienen piezas de repuesto.

–No se sabe. También dicen que no hay materias primas. Leche, frutas y todo eso.

–Cada quien dice una cosa distinta. No hay. No hay. No hay. Todo va a parar a lo mismo. Báñate para que comas.

Carlitos almorzó. Se acostó a descansar un rato y se quedó dormido. La madre lo despertó a las cinco de la tarde. Cusa, la vecina, lo esperaba. Tenía miles de cómics acumulados en diez o doce cajas grandes, en el cuarto de los muchachos. Se iban del país ya en los próximos días y vendían apresuradamente todo lo que podían. Cusa, el marido y los dos hijos. Cusa le dijo:

–Revísalos. Quédate los que te gusten y el resto los vendes en el Sloppy Joe's Bar.

–David paga cinco centavos por cada uno.

–Una pena porque están nuevecitos. Como si no los hubieran tocado.

El resto de la tarde lo dedicó a vender los cómics. Guardó para él más de cuatrocientos. Y encima Cusa le regaló cinco pesos. El Sloppy Joe's Bar estaba a una cuadra, en la calle Magdalena. Cuando terminó se sentó en una silla, en una de las puertas, junto al puesto de prensa de David. Compró un refresco y se puso a mirar a la calle. Eran las seis y pico de la tarde, casi las siete, y allí estaba ella, como siempre a esta hora. Paseando arriba y abajo. Era bellísima. Tenía un cuerpo perfecto, con el pelo negro suelto hasta los hombros. Morena, con grandes ojeras oscuras, un rostro serio y duro y una expresión más bien áspera pero tranquila y serena. Muy dueña de sí misma. Usaba un vestido apretado, de algodón gris, que le ajustaba bien. Sin colorines ni maquillaje parecía aún más seria y decente. Tenía un cuerpo como de actriz italiana. Anna Magnani o algo así. Se paseaba por la acera, delante del bar. En el índice de la mano derecha tenía enganchada una argolla con una sola llave. Y le daba vueltas, para indicar que quizás la habitación se incluía en el precio. La Marina, el barrio de las putas empezaba en la otra esquina, Magdalena y Manzano, y se extendía hacia arriba, junto al río Yumurí. Pero ella siempre venía al bar. Sola y muy seria. Nunca sonreía. De esa hora en adelante empezaban a llegar los marineros de los barcos surtos en el puerto. Griegos, rusos, alemanes, italianos. Los griegos y los italianos se hacían notar. Eran parlanchines, negociantes y tramposos. Se emborrachaban rápido, se fajaban con cualquiera y derrochaban el dinero con las putas. Los otros, mucho más tranquilos y educados.

El kiosco de prensa estaba dentro del bar, en un rincón cerca de la puerta. David, el dueño, le dijo a Carlitos:

–Acaba de decidirte, Carlitos. Todos los días haces lo mismo. Te sientas ahí a mirarla y no te decides.

–No, no. Déjame tranquilo.

–Te vas a matar a pajas, muchacho. Son cinco pesos ná más. ¿Tú no tienes cinco pesos?

–Sí.

–¿Entonces? Dale, muchacho. ¿Te da miedo o qué?

–No, miedo no.

Alzando la voz, David le gritó a la mujer:

–¡Nina, ven acá!

A Carlitos se le aflojaron las piernas. La mujer fue hasta ellos. Caminaba majestuosamente, con elegancia y lentitud, muy dueña de sí misma. Usaba zapatos de tacón no muy altos. A Carlitos se le aceleró el corazón. Y David, riendo:

—Mira, Nina, este muchacho quiere irse contigo, pero le da pena. Es muy tímido. Dale, pa que aprenda algo. Llévatelo.

—David, yo puedo ser la madre de este niño. ¿Tú estás loco?

—Señora, yo soy un hombre. Tengo trece años, pero soy un hombre.

—Y yo tengo cuarenta y no me gustan los niños. Búscate una de tu edad.

Y David, divertido:

—Nina, llévatelo y hazle un favor. Pa que aprenda. Él tiene dinero y te va a pagar.

—Yo no soy maestra, David. Es un menor de edad. ¿Qué te pasa? Déjame tranquila. Y no me grites más que tú no eres mi marido. Respeta.

Dio la vuelta y regresó a sus paseítos en la acera. Carlitos respiró fuerte, aliviado. David lo miró y riéndose:

—¿Te asustaste? A todos nos pasa. La primera vez no es fácil. Uno le coge miedo a esa bola prieta y pelúa. Después no se puede vivir sin ella. Es un vicio.

Carlitos lo miró con un reproche. Y se fue.

Tres días después, el domingo, fue a la matiné del mediodía, en el cine. Estrenaban una película polaca: *El cuchillo en el agua*, de Roman Polanski. En la casa los padres no lo dejaban fumar. Pero en la cafetería al lado del cine compraba una caja de cigarrillos y otra de fósforos. Entró. Las luces estaban encendidas. Faltaban diez minutos. Encendió un cigarro y empezó a fumar tranquilamente. Detrás se sentaron tres muchachas, adolescentes como él. Se rieron, para llamar la atención. Él miró atrás. Una de ellas, más decidida, le dijo:

–¿Tú eres el de los helados?

–Sí.

–Pero hace tiempo que no pasas por la casa.

–No hay helados. Hace un mes. Dicen que la fábrica está rota. O que no tienen materia prima. No sé.

–¿Cuándo van a traer?

–Nadie sabe. La fábrica está en La Habana. ¿Dónde viven ustedes?

–En la calle Magdalena. En los altos de la tienda de los polacos.

–Era de los polacos. ¿Desde cuándo se fueron?

–Uhh... ¿Quién se acuerda de los polacos? Hace dos años que la tienda está cerrada.

–Sí. Pero yo... Creo que me acuerdo de ti.

–Tienes que acordarte porque siempre te compro. ¿Qué edad tú tienes?

–Trece.

–Fumando... pareces mayor.

–Ah, no sé.

–Pareces un hombre. ¿No te lo han dicho?

–No.

–Es que eres muy serio. ¿Nunca te ríes?

–Por gusto no. ¿Por qué me voy a reír?

–No sé. Todo el mundo se ríe.

–Los payasos son los que se ríen por gusto.

–Huy, ¡qué miedo!

–Jajajá.

–Ah, ¿ya ves? Te reíste. Alegre eres más bonito.

–Y tú, ¿qué edad tienes?

–Dieciséis.

–Ahhh...

–Sí. Ya soy mayor.

–¿Quieres un cigarro?

–No, gracias. Yo no fumo. ¿Cómo te llamas?

–Carlitos. ¿Y tú?

–Isabel.

Apagaron las luces y empezó la película.

MECÁNICA POPULAR

Humberto dedicó dos horas de la mañana a revisar y corregir su detector Geiger-Mueller. Lo había recibido por correo el día anterior. Todo empezó cuando leyó en la revista *Mecánica popular* un detallado reportaje sobre la creciente cantidad de gente que exploraba en busca de yacimientos de uranio, para vender al ejército de Estados Unidos. Además de comprar el material en bruto, daban un premio adicional de diez mil dólares. Quien encuentre buenos filones debe escribir de inmediato a la Comisión de Energía Atómica. Lo ponía al final del reportaje: «Cualquier consulta sobre menas de posible valor, escribir a Division of Raw Materials, USA, Atomic Energy Commission, P.O. Box 30, Ansonia Station, New York 23, NY, USA».

Le llevó un año ahorrar los ciento veinticinco dólares que valía la versión más económica del aparato, y aquí lo tenía ahora. La revista era de un año atrás, abril de 1949, pero todo mantenía vigencia. En un mapa aparecían los cien mayores yacimientos de uranio en el mundo. En Cuba localizaban dos.

En Estados Unidos, según otro reportaje en la misma revista, comenzaba el miedo. Miles de americanos fabricaban búnkers subterráneos, para protegerse cuando estallara la inevitable guerra atómica. Al parecer solo era cuestión de tiempo. Varias compañías construían los refugios. Explicaban todos los detalles técnicos y la seguridad absoluta que tendrían los que se protegieran adecuadamente. Había que estar preparados y no dejarse sorprender por el enemigo. Enormes barrios de búnkers, cada uno con reservas propias de agua, combustible, alimentos, todo lo necesario para sobrevivir largo tiempo bien protegidos bajo tierra. Familias enteras. Daban facilidades de pago.

También publicaban dos planos, insólitamente detallados, sobre cómo funcionaban las versiones rusa y británica de la bomba. Además de notas breves, con varias fotos cada una, de diferentes modelos de aviones de combate a reacción, que ponían a punto aceleradamente, como el F-84. Y el poderoso y perfecto F-86, capaz de cargar bombas atómicas a cualquier lugar del planeta donde fuera necesario. Aún no se pueden ofrecer detalles sobre este magnífico avión, escribían, porque es un proyecto muy secreto, pero pronto la revista dará las primicias. Adelantaban que ya los aviones de combate a propela quedaban obsoletos definitivamente. Los motores a chorro permitían desarrollar más velocidad, tomar más altura y hacer vuelos de inspección y vigilancia tras la Cortina de Hierro. Y por si fuera poco, un amplio reportaje de cómo se suministraban alimentos, medicinas y todo tipo de mercancías, por aviones norteamericanos, conducidos por experimentados y eficaces pilotos, al Berlín bloqueado por los soviéticos. El reporte enumeraba todos los detalles de un modo minucioso, incluidos mapas y esquemas de las pistas e instalaciones, sobre la operación iniciada el 3 de julio de 1948 «al cerrar Rusia todas las vías de acceso, por camino o ferrocarril, desde el oeste». En muchas páginas el periodista escribía sobre la excelente moral de los soldados y pilotos. Y daba abundantes detalles acerca de la velocidad de cada avión, rutas empleadas, altura de vuelo, formas para evadir el mal tiempo y la niebla, cantidad y tipo de las mercancías. Todo bien detallado, como si fuera el informe exhaustivo de un espía ruso. Humberto no sabía nada de inteligencia y contrainteligencia y se preguntó por qué facilitaban todos los datos a los rusos. Después supuso que era una estrategia, un modo de meterles miedo y hacerles sentir que, en la postguerra, América es rica y es quien manda de verdad. No los empobrecidos rusos, que siguen siendo unos palurdos. Para Estados Unidos no hay obstáculos insalvables.

En las páginas finales de la revista venían los planos para hacer en casa un detector Geiger muy barato pero eficaz y las direcciones para pedir por correo todos los componentes y las muestras necesarias para hacer las pruebas. Humberto se entretuvo leyendo una vez más otro detallado informe sobre las trece primeras antenas transmisoras de TV que cubrían ya una enorme extensión sobre la ciudad de Los Ángeles, desde Santa Mónica y Hollywood, al sur, hasta la isla Catalina y más allá, al norte. Lo tenían todo casi listo para empezar a transmitir sus primeros programas de imágenes y sonidos en la costa oeste. En la costa este ya la TV era una realidad que avanzaba aceleradamente. Otro reportaje se refería a experimentos con vacunos para producir carne de una calidad insuperable: Los triunfos de los biólogos eugenésicos prometen darnos más y mejor carne por cada animal destinado al consumo. Humberto de nuevo pensó: tengo que aprender inglés. Un inglés perfecto. Empezar ya y no perder tiempo.

Pasó el detector por encima de un pedacito de cartón con números fosforescentes (era el patrón de prueba, que le enviaron con el aparato) y de nuevo sentía como se intensificaban los chasquidos en los auriculares. Se hacían más rápidos y fuertes. Oír esos chasquidos intensificados era emocionante. ¡La gran aventura de la humanidad!, pensó. Era el título de un programa de radio. Él podía formar parte de eso. ¡La gran aventura de la humanidad! Si tenía suerte podía hacerse rico en un día. Además de uranio, el equipo detectaba torio, radio, oro y vanadio. Desconectó las baterías y lo guardó todo en su caja de cartón. Mañana iría al campo a hacer las primeras pruebas.

Se puso a leer la segunda lección del curso de astrología por correspondencia. Los rosacruces enviaban los materiales desde California, aunque era muy complejo. Humberto no entendía bien algo esencial: las fórmulas matemáticas para determinar las diferentes trayectorias y circunferencias de los planetas y astros, que al cruzarse iban determinando, o al menos influían fuertemente, en la vida de las personas. No era bueno en matemática ni en geometría. Pero insistía. Era otro modo interesante de ganarse la vida. Se trataba de usar algunas fórmulas para combinar cada trayectoria y dibujarlas sobre el papel. De ese modo se llegaba lentamente a la carta astral de la persona en cuestión. Era un curso largo, de dos años, pero gratis. Por eso lo solicitó en su momento. El anuncio aparecía en muchas revistas: «Los tiempos han cambiado. ¿Ha cambiado usted también? Adopte una nueva psicología de la vida y sea MAESTRO DE SUS PROBLEMAS. Deje que los rosacruces le enseñen cómo puede usted aplicar, por el uso de leyes sencillas, los poderes de su mente para efectuar cambios muy provechosos en su vida».

Él y su tía Esperanza vivían en un apartamento diminuto y sofocante situado al fondo, en la planta baja, debajo de la escalera. Era un edificio moderno, de dos plantas y encima había otros cuatro apartamentos, pequeños también pero con balcón y una buena vista de la bahía. Ellos disponían de un microespacio parecido a una cueva: una salita de tres por tres metros, un dormitorio de tres por cuatro y un baño mínimo. El techo, demasiado bajo, se podía tocar con la mano extendiendo el brazo. En un extremo de la sala, una pequeña cocina de keroseno y un fregadero.

Esperanza era maestra de primaria en una escuelita rural cerca de la ciudad y tenía un sueldo precario. Siempre ansiosa y apresurada. No le alcanzaba el tiempo. Se iba a las siete de la mañana y regresaba por las tardes después de las seis.

A esa hora, o más tarde, llegaba Pepe, su amante de toda la vida. Era un señor gordo, barrigón, sudado, hosco y de continuo mal humor. Al parecer no se duchaba con frecuencia. Y encima fumaba unos tabacos apestosos. El humo convertía el lugar en claustrofóbico, agobiante, asqueroso e inhabitable. Por suerte Pepe solo comía con ellos, se sentaba frente al ventilador, ponía Radio Reloj, con su cantilena incesante de noticias. Y hablaba muy poco o nada. Sobre las nueve de la noche se iba. Lo esperaba su familia, con hijos. Seis hijos. Tenía un puesto de verduras en la plaza. Cada día traía un pequeño racimo de uvas, o tres manzanas o tres mangos o tres plátanos. Una fruta para cada uno. Nunca traía ni una de más. Otras veces le daba algún dinero a Esperanza. Los dos tenían exactamente la misma edad: cincuenta y cuatro años, pero habían sufrido vidas tan infelices y agobiantes que aparentaban diez años más, con ojeras y cansancio y amargura. Pepe y Esperanza. Los dos. Demasiado extenuados, demasiado frustrados, demasiado mal humor. Humberto sabía que debía alejarse de aquel ambiente. Quería mucho a su tía, que lo crió. La quería como a una madre, pero pensaba que estarían mejor sin él. Y, sobre todo, él estaría mejor sin ellos. Se concentraba continuamente en el inglés, el uranio y la astrología. Le gustaba esa idea de ayudar a la gente y de vaticinar astralmente qué podían hacer para mejorar su destino. Ya le faltaba poco para cumplir dieciocho años y Esperanza varias veces le había dicho:

–Hijo, ¿qué vas a hacer con tu vida? No puedes seguir así, dando vueltas y más vueltas.

Él no tenía una idea clara de qué hacer. Todo era vago y difuso. Quería llegar a un camino concreto, rápido. Un camino, un rumbo. El uranio. La astrología. Y aún le rondaba la atracción por el seminario evangélico para hacerse pastor de la iglesia. Le gustaba estudiar la Biblia. Los sábados iba a la iglesia con su tía, desde pequeño. Era un hábito y sabía que le sería fácil predicar. Pero no estaba completamente decidido. ¿Le gustaría predicar continuamente, a toda hora, todos los días? Y además ser un ejemplo de virtud. Muy exigente ese oficio. Se perdería el resto de la vida. Ser pastor de la iglesia era como ser marinero. Dos veces había caminado hasta el puerto para preguntar cómo podía enrolarse en un mercante, como marinero de cubierta. Quería conocer el mundo. Pero no tenía contactos y la gente no era muy amable. Sabía que lo peor de ese trabajo era que estaría muy aislado. Le gustaba la gente, disfrutaba escuchar a los demás, hablar, enterarse. ¿Pastor o marinero? ¿La iglesia o un barco mercante, siempre en alta mar? No. Viviría demasiado lejos de todo. Necesitaba vivir en un mundo grande, amplio, luminoso, con aire fresco. Un mundo cambiante, sin rutinas y monotonía. Eso sí lo tenía claro.

Salió a caminar un rato. La una de la tarde. Le venía bien un paseo y despejar la mente. A una cuadra escasa empezaba La Marina, el barrio de las putas. Ellas estarían durmiendo todavía. Le gustaba curiosear un poco, tomar un refresco en un bar. Y nada más. Caminar y mirar a las mujeres. Le atraían pero al mismo tiempo le daba un poco de miedo eso de acostarse con una mujer por dinero. No entendía. Le parecía absurdo. En realidad no era absurdo, pero le daba asco. A él le era fácil tener sexo de un modo más normal. Miró un instante la calle estrecha, la línea del ferrocarril que conduce al puerto. Y el mar, la bahía. Caminó hacia la derecha para ir a La Marina. Con frecuencia hacía este trayecto, aunque se metía por calles diferentes. Le gustaba ese barrio. Le atraía el ambiente. Cambiaba cuando entraba allí. Se ponía más alerta y al mismo tiempo más despreocupado. Era un mecanismo automático. Algo así como un gato macho y callejero. Esos felinos relajados pero siempre alertas y listos para escapar de un salto. Dio apenas unos pocos pasos. Su tía Esperanza viene caminando de frente a él. Camina despacio, con trabajo, y tiene las manos sobre el pecho. Él se le acerca rápidamente y la detiene:

–Tía, ¿qué te pasa? ¿Por qué regresas tan temprano?

–Ahhh, hijo, me duele el pecho y... no sé. Necesito acostarme. Ayúdame para llegar a la casa. Qué mal me siento.

Esperanza se apoyó en su sobrino y regresaron. Ella se acostó.

–Es que me duele hasta el hombro.

–¿Qué hacemos?

–Nada.

–¿Nada? Vamos al médico.

–No, no. A mí se me pasa. No es la primera vez.

–Ah, no sabía. Pero nunca me habías dicho...

–¿Para qué? Cuando Dios decida...

–Sí, pero mientras que Dios no te llame hay que ir a un médico.

–Déjame descansar un ratico.

–Tía, voy arriba, a casa de Nereyda. Ella quizás tiene algo...

–No está ahí. Se le murió una hermana y se fue a Pinar del Río. Además, no molestes a los vecinos. Dame una aspirina y agua.

Fue a la cocina y le trajo la pastilla y un vaso de agua. Ella tomó un sorbo. Cerró los ojos y se sintió mejor. Se relajó tanto que se durmió en dos minutos. Humberto se sentó en una silla en la sala y desde allí la observaba en silencio. Al parecer respiraba bien. Cogió la Biblia y, como siempre hacía, la abrió *ad libitum* y leyó. No. El desasosiego no le dejaba concentrarse. ¿Qué hago si tía muere? Puede morir ahora mismo. No. Control. No va a morirse. No-va-a-morirse. Debe de ser cansancio. Se levanta muy temprano y no duerme lo suficiente.

Se recostó en la silla y se quedó dormido. Despertó en pocos minutos pero le dolía el cuello debido a la postura incómoda. Fue al cuarto. Esperanza dormía y roncaba levemente. Él regresó a la sala y se sentó un poco más cómodo en el sofá. Entonces llegó Pepe. Alegre y comunicativo. Como nunca. Con una gran sonrisa y una botella de ron en la mano.

–¡Hey, sobrino! ¡Date un trago!

Le extendió la botella a Humberto. Ya quedaba solo la mitad. De ahí su alegría. Sacó dos tabacos del bolsillo de la camisa. Le dio uno a Humberto y sacó una fosforera para encenderlos. Humberto guarda el de él en un bolsillo del pantalón.

–¡Vamos a celebrar! ¡Me saqué la lotería! No es mucho pero voy a invertir y a comprar otro puesto de verduras.

Se asomó al cuarto. Vio a Esperanza dormida y la despertó, con una risa pesada y gritona:

—¡Despierta, mujer! ¿Qué tú haces durmiendo a esta hora?

Esperanza abrió los ojos y le preguntó:

—¿Qué hora es?

—La que sea. Me da igual. Me hice rico hoy con la lotería. ¡Vamos a celebrar!

Esperanza no entiende. Está medio dormida. Humberto intenta explicarle:

—No se siente bien. Tiene un dolor en el pecho.

—Ah, eso no es nada. Ahorita se le pasa. Esperanza está más sana que tú y que yo.

—Bueno, Pepe, yo no la veo bien.

—No, eso no es ná. Esta mujer es un trinquete.

—Yo estoy preocupado...

—Mira, traje una bola de carne de res, riñonada. Y papas. Hoy vamos a comernos unos buenos bistecs con papas fritas. Y coge esto, cinco pesos. Trae diez cervezas del bar de la esquina.

Humberto coge el billete de cinco pesos. Mira a su tía:

—Tía, ¿Cómo te sientes?

—Bien, hijo, bien. Ve a buscar las cervezas. Ya me voy a levantar.

Pepe sigue tan alegre y le dice a Humberto:

—Trae una botella de Bacardí también, y quédate con el cambio.

Cuando el muchacho se va, Pepe se acerca a Esperanza:

—Voy a comprar otro puesto de verduras. El que está al lado del mío. Tú verás. Voy a poner a mi hijo mayor al frente. Y estoy pensando en Humberto.

—¿Qué estás pensando?

–El carnicero que está frente al puesto mío. Lleva una semana solo. Se le fue el ayudante...

–¿Humberto de carnicero? No creo...

–Esperanza, ese muchacho se pasa el día comiendo mierda y dando vueltas y perdiendo el tiempo con los libritos y los papeles y la bobería. Yo no sé cómo tú lo dejas. Hay que ponerle control.

–Él es medio vegetariano. Le tiene asco a la carne.

–¿Y qué? Pa mí que le dan asco las mujeres también. No tiene novia ni ná. Dime tú si sale maricón. Vaya, lo que faltaba.

–Oye, no seas bruto. ¿Por qué piensas eso? Es un muchacho educado. Tú porque no lees y no te gustan los libros.

–No leo, ni escribo, ni fui a la escuela. Ni falta que me hace. Pero saco cuentas como un rayo, lo que tengo pa los números es...

–Sí, yo sé, yo sé. Eres un diablo con los números.

–Bueno, ya. Mira, que coma hierba si le gusta, pero que aprenda el oficio. No tiene que comerse la carne. Es pa venderla.

–Tú a veces eres un poquito bruto.

–Oye, no seas malagradecida. Yo estoy ayudando. Quiero ayudarte con ese muchacho que no va por buen camino.

–¿Por qué tú dices eso?

–Está de vago, dando vueltas. No quiere trabajar...

–Pero no es un mal camino. Siempre ha sido bueno y noble...

–En este mundo no se puede ser bueno y noble. ¿Quién es bueno y noble? ¡Nadie! ¡Nadie es bueno y noble! Cuanto más desconfiao y más hijo de puta mejor vives.

–Eso es una idea tuya...

–No, no. Es así. No se puede ser noble y guanajón. Callejero y despabilao o te mueres de hambre y te machacan.

–Ya, ya. Debieras ir a la iglesia y... que Dios te perdone.

–Ah, carajo. ¡Dios ni Dios! Ya le dije al carnicero que mañana por la mañana Humberto está allí. A las seis, pa recibir la mercancía.

–Bueno...

–Ahora, cuando venga, yo hablo con él. Eso es asunto mío. Ve cocinando los bistecs y las papas fritas que tengo hambre.

–Está bien.

–Y pa que sepas: la idea que tengo es comprar esa carnicería dentro de poco. Y seguir comprando un puesto atrás del otro hasta hacerme dueño de la mitad de la plaza. ¿Qué tú crees?

–No sé.

–¡Cómo que no sabes!

–¿Por qué me preguntas eso? Yo no sé de negocios.

–¡Dinero, Esperanza, dinero! ¡Pa vivir bien! Si me hago rico te saco de este cuchitril de mierda. Y te compro una buena casa.

–Sí, me voy a sentar a esperarte.

–Tú no me consideras. No sabes lo que tengo en la cabeza. Ya saqué la cuenta. Si compro veintidós puestos ya soy dueño de la mitad de la plaza. Entre verdura, pescadería, charcutería, carnicería, dulcería, panadería. Hasta una de las cafeterías. Y yo voy a controlar. Tú verás. Voy a ser el manengue de la plaza. Y de ahí me meto en política y me postulo pa alcalde, jajajajá. ¡Y parriba!

Humberto regresó enseguida con las cervezas frías y el ron. Pepe abrió un par de botellas y le dio una. No perdió tiempo y fue directo al grano:

–Humberto, tengo un trabajito pa ti. Pa que aprendas un oficio.

–¿Para mí?

–Sí. Es con el carnicero que está frente al puesto mío, en la plaza.

–¿Para hacer qué?

–¿Cómo que pa hacer qué? ¿Qué vas a hacer en una carnicería? Trabajar. Aprender el oficio. Ganar dinero. Ganarte la vida. Ayudar a tu tía, que te ha criao sacrificándose mucho.

Humberto guardó silencio. No esperaba esto. Se quedó sin habla.

–¿En una carnicería?

–Sí, pero no es grande ni tienen tanto trabajo. Sin agobio. Tú verás que te va a gustar. Mañana tienes que estar allí a las seis. Temprano. Pa recibir la mercancía. Yo también voy a estar allí. El tipo es buena gente.

Humberto dio un trago largo a la cerveza. Estaba bien fría y tenía buen sabor. Le pidió la fosforera a Pepe, encendió el tabaco y salió a la puerta de la calle. Primera vez que fumaba. Un poco áspero en la lengua pero le gustó. Se sentó en el quicio de la puerta, a fumar y a tomar cerveza. Frente a él está la calle Pavía, estrecha y sin tráfico, la línea del tren que va por el borde de la costa hacia el puerto. La bahía inmensa. Combina bien el sabor amargo de la cerveza y el tabaco. Ahí se quedó, muy relajado, mirando al mar, con la mente en blanco.

Se acerca un tren cargado con volquetas de azúcar a granel. Las viejas locomotoras Baldwin, negras, de vapor. Con carbón de hulla. La máquina arrastra ocho volquetas. Le gusta ese olor a caramelo derretido y caliente que emana del azúcar crudo recién fabricado, mezclado con el humo de hulla. Desde muy niño ve estas locomotoras que

78

pasan por aquí. No sabe cuántas veces al día. Y siempre ese olor intenso a caramelo derretido mezclado con humo de carbón. Ese olor se le ha grabado muy adentro. Ahora entiende que ha querido buscar un trabajo de maquinista. Solo ahora piensa que le gusta. Puede ir a los talleres y preguntar. ¿Cómo se consigue un trabajo de maquinista? Por el momento no es mala idea lo que dice Pepe. La carne le da un poco de asco. La carne cruda y goteando sangre. Los trenes al menos se mueven. Eso es importante. Uno se mueve. Y cambia de lugar.

PUERTO ESPERANZA

Carlitos despertó en cuanto amaneció. Su madre y su tía dormían. Se levantó con cuidado para no hacer ruidos. Abrió la puerta, salió al jardín y fue corriendo hasta la playa, a unos pocos metros. Tenía ocho años y quería aprender a nadar cuanto antes. Era así. Impulsivo. Todo lo quería para ahora mismo. Se lanzó al agua y la sintió tibia. El mar en agosto se calienta demasiado. Chapoteó un poco. Anhelaba nadar con el estilo perfecto que le enseñaba su padre, pero tenía miedo de hundirse. Apoyó los pies en el fondo arenoso. Había algunas piedras y las pisó. Y en ese instante sintió un corrientazo como un rayo que penetró por el dedo gordo del pie derecho y al mismo tiempo llegó al cerebro.

Retiró el pie rápido pero la pierna no respondía. Como si la hubieran anestesiado. El dolor era insoportable. Haciendo un esfuerzo salió del agua, llegó a la orilla y se tiró sobre la arena. Edmundo, que estaba muy cerca, cogiendo cangrejos, se le acercó rápido y le preguntó:

–¿Qué te pasó?

–¡No sé, no sé! ¡Cómo me duele!

–¿Pisaste el fondo?

–Sí.

–¿Había piedras?

–Sí.

–Eso fue un rascacio. Dale, vamos. Ese es el bicho más feo del mundo. Parecen piedras, pero tienen tremendo veneno. ¡Vamos pa tu casa!

Edmundo era hijo de pescadores. Mulato, muy delgado, tenía doce años, pero parecía que tenía veinte debido al trabajo bruto y a su sentido innato de responsabilidad. Iba temprano a la playa, cogía cangrejos metiendo el brazo en las cuevas. Era hábil y rápido. Nunca lo picaban. En una hora llenaba un saco y salía a vender, por el pueblo y los alrededores. Pregonaba: «El cangrejo vivo. El cangrejo vivo». A la gente le gustaba ver su habilidad y rapidez. Los agarraba y los ensartaba unos con otros en una tira de arique seco, hasta formar una ristra de doce cangrejos. Jugaba con ellos y no le mordían con sus tenazas furiosas. En el pueblo nadie quería comprar cangrejos porque todos eran pescadores y estaban hartos de mariscos. Edmundo tenía que irse a las lomas y caminar bajo el sol todo el día. Era duro. Pero no había otro modo de ganarse la vida. A veces no los vendía sino que los cambiaba por arroz, o frijoles, o carne de puerco. No había dinero en aquellos campos. O circulaba muy poco. No era un pueblo, más bien un caserío de unas treinta casas rústicas, con tres calles de tierra, sin iglesia ni acueducto. Nada. Solo un muellecito, con unas diez lanchas de pesca. Una caleta pequeña con un poco de arena mezclada con fango, un bar y un frigorífico donde cada mañana temprano compraban por muy poco la pesca de la noche. El señor Anselmo ponía precio sin pesar, a ojo. Compraba y después llevaba la mercancía a otros pueblos en su camión refrigerado. En las puertas el vehículo anunciaba: «Íñiguez y Hermano, pescado y mariscos frescos». Eso era todo.

Caminaron hasta la casita. Carlitos ya no podía hablar. El dolor en la pierna era brutal. No comprendía qué estaba pasando. Edmundo tocó fuerte a la puerta y enseguida salió Flora, la tía de Carlitos. Conmoción. Edmundo explicó que el veneno de rascacio actúa rápido y puede dejarle la pierna inútil para siempre. Hay que llevarlo al médico cuanto antes. Nereyda, la mamá de Carlitos, no entiende. Está medio dormida. Edmundo amarra la boca del saco para que los cangrejos no se escapen, y lo esconde en un rincón tras unos arbustos. Ve que el vecino tiene una carretilla metálica de las que se usan en la construcción. Salta la cerca. Coge la carretilla. Ponen al niño allí y salen corriendo hacia la casa del médico, que vive en el otro extremo del pueblo. Unos doscientos metros.

Todos le llaman el doctor Cristóbal. Un negro corpulento, de unos ochenta años, pero activo y ligero. Con un carácter plácido, lento, sonriente. Dice que es médico y se hace respetar, muy serio, pero nadie ha visto su título jamás. Sabe de medicinas, de inyecciones, de hierbas, hace partos y le salen bien. También hace abortos clandestinos. Y siempre sonríe apaciblemente: «Todo tiene remedio en esta vida. Lo malo es morirse» es su frase preferida, para tranquilizar a los pacientes. La gente lo cuida. Es el único curandero disponible en setenta kilómetros a la redonda. Es decir, si no existiera Cristóbal habría que ir al hospital en la ciudad.

De pie, en la puerta de su casa, tomaba café en un jarrito esmaltado cuando llegaron con Carlitos. Edmundo le dijo:

–Buenos días, doctor. A este niño lo picó un rascacio, en la playa.

–Entren y acuéstenlo en la camilla.

Verificó el pinchazo en el dedo gordo del pie derecho. Ya la pierna se había inflamado y tenía un color rojizo subido. Preparó una inyección de antihistamínico y se la puso. En un vasito hizo un brebaje mezclando líquidos de tres frascos y se lo dio a tomar. Se dirigió a Nereyda:

—¿Usted es la madre?

—Sí.

—Vamos a observarlo un rato. El dolor se va a calmar, pero la hinchazón de la pierna seguirá unas horas más, o dos o tres días, y se pondrá morada. Siéntense en el portal. Y tranquilidad. Esto no es grave. Bueno, no es grave porque actuaron rápido.

Edmundo dijo:

—Me voy. Tengo que devolver la carretilla.

—Muchas gracias, hijo —le dijo Nereyda.

Carlitos se quedó dormido. Flora, Nereyda y el médico se sentaron en el portal. Era una casita en las afueras del pueblo. Rústica, como todas las de sus vecinos. De tablas de madera de palma, con techo de guano y piso de tierra apisonada, pequeña y en desorden. Reinaba el olor a humo y el vaho tibio de vegetación tropical húmeda y podrida. Cocinaba en una hornilla de carbón. No sabía vivir de otro modo. Hasta los cuarenta años había vivido en un barracón de esclavos, en un ingenio de azúcar lejos de allí. Los liberaron en 1898. Pero nadie en este pueblo conocía ese detalle. No tienen que conocer todo, pensaba. Vivía solo, y de un modo excesivamente precario. Alrededor de la casa había árboles y arbustos silvestres en abundancia. Mangos, naranjos, limoneros, aguacate, guayaba, ciruela, tamarindo, marañón. Y arbustos de hierbas medicinales. La casita apenas se veía en medio de la vegetación copiosa que crecía libremente. Todos vivían así en aquel caserío. No había electricidad. Se alumbraban con faroles y quinqués.

—Se quedó dormido —dijo Nereyda.

El médico contestó enseguida:

—El efecto del antihistamínico.

Las dejó sentadas en taburetes en el portal. Fue a la cocina y les trajo un poquito de café frío en dos vasos. Se los dio en silencio. Los vasos no estaban limpios. Ellas, un poco asqueadas pero educadas, se tragaron el café, demasiado dulce. Todos en el pueblo sabían que el médico no era médico. Era más bien un curandero de campo, que curaba con hierbas y oraciones, y además entendía de medicinas y de los santos yoruba. Con un pase de manos y aceite de coco mezclado con cebo de carnero curaba migrañas, empachos, torceduras de tobillos y hasta enfermedades de la piel o de riñones y mucho más. Tenía una gracia especial para atender a las mujeres en sus partos y para urgencias imprevistas como esta. Todos sabían, además, que el doctor Cristóbal ejercía con mucha discreción en los abortos clandestinos. Aunque su gran especialidad era devolver la virginidad a mujeres que deseaban casarse y que ya habían tenido relaciones sexuales con otro hombre. Era un secreto divertido que todos conocían.

Las jóvenes que querían recuperar su virginidad casi siempre iban de noche, para que no las vieran. Era famoso, y la mayoría venían de la ciudad o de otros pueblos. En secreto, con mucho sigilo. Era una operación sencilla y rápida. Se acostaban en la camilla. El doctor Cristóbal les cosía la parte inferior de los labios vaginales interiores con una puntada. No usaba hilo sino un pelo de caballo bien esterilizado. De tal modo la muchacha, en su primera noche de luna de miel, tenía un desgarrón, brotaba sangre, y el pelo de caballo se mezclaba con los vellos del pubis. Era una pequeña obra de teatro, una comedia, preparada en secreto. Y todos felices. Mantener la virginidad hasta la noche de bodas era sagrado. Nadie lo discutía. Ahora Nereyda le preguntó:

85

–Este niño, el que vende cangrejos...

–Edmundo –dijo el médico.

–Sí. Dice que es un rascacio. ¿Qué es eso?

–Un peje que parece una piedra. Se queda tranquilo en el fondo, entre las piedras verdaderas. Y cuando otro peje se le acerca le lanza un pincho con el veneno. Abunda por aquí. Peor si son grandes y viejos porque el veneno es muy potente y puede llegar al cerebro.

–Ah.

Guardaron silencio. Flora, que tenía dieciocho años, había escuchado que este médico podía operar y hacer recuperar la virginidad perdida. Pero no era el momento de preguntar. No delante de su hermana Nereyda, que era muy estricta. Por ahora quería saber solo por curiosidad. Quizás más adelante vendría bien esa operación tan sencilla. Mejor dicho: sería imprescindible. Los tres se quedaron un rato sentados en silencio, escuchando el follaje de los árboles que se mecía con el viento y emitía un sonido tranquilizador. Cada uno con sus pensamientos.

Al día siguiente la pierna de Carlitos aún estaba un poco inflamada. Ya no había dolor. Su padre vendría por la noche, para estar dos días con ellos. Tenía un bar, en la ciudad, a setenta kilómetros, y no podía darse el lujo de tomar vacaciones por un mes completo. Alquilaron esta casita para todo agosto. Carlitos padecía de unos ataques de asma violentos. Casi no podía respirar y, según el médico, le asentaría el aire marino, hacer ejercicios, aprender a nadar, y olvidar la enfermedad. Era un neumólogo que, después de un año de tratamientos infructuosos, recomendó a Nereyda esta solución natural, y enfatizó:

–Olvidar la enfermedad, señora. El niño y usted. No darle importancia.

–¿Olvidarla? Se ve que usted no tiene un hijo ahogándose sin poder respirar toda la noche. ¿Cómo voy a olvidar? ¿Lo dejo que se muera?

–No. Usted no me entiende. Puede ser psicosomático. El niño necesita más espacio. Más libertad.

–No entiendo. ¿Qué espacio necesita el niño?

–Quiero decir que le reste importancia y trate de llevarlo al campo o al mar. Por una temporada. Una playa es mejor. Para que respire el salitre y que corra y haga ejercicios. Que desarrolle los músculos. Suéltelo.

Nereyda se fue de la consulta desilusionada, confundida y de mal humor. Aquel médico no sabía lo que decía. Después, al hablar con Alfredo, llegaron a la conclusión de que podían probar y alquilar una casita por un mes, muy barata, en Puerto Esperanza. Y sí, remedio santo, el asma de Carlitos desapareció en cuanto llegaron. Al parecer el médico tenía razón.

Carlitos permanecía acostado en su cama. Tenía la pierna derecha apoyada sobre dos almohadas, con unas compresas de cocimiento fresco de manzanilla. Cada cuatro horas Nereyda le daba una cucharada de un antiinflamatorio de hierbas, preparado por el médico. Bebía mucha agua. Y hacía reposo. Así cumplían las indicaciones del doctor Cristóbal. La pierna, un poco inflamada, le dolía al caminar. Se mantenía acostado a duras penas. Era inquieto y curioso. Observaba el radio, conectado a una pila grande, marca Eveready, que emitía un programa de boleros. Anuncios, un hombre que hablaba algo, y más música. Carlitos estaba convencido de que dentro del radio había una enorme cantidad de hombrecitos y mujercitas muy pero muy pequeñitos. Se pasaban el día corriendo hasta la bocina, hablaban un poco y de nuevo se escondían en el cable o en el fondo del aparato, que era de plástico color crema. No muy grande, como una caja de zapatos. Hacía tiempo que pensaba en romper el radio contra el piso para que aquella gente diminuta saliera corriendo, despavoridos, a esconderse donde pudieran. Ese pensamiento lo hacía sentirse potente y divertido. Sacar a esa gente de su comodidad aburrida y bombardear. Como si fueran hormigas. Solo por el placer de salirse con la suya y comprobar que él tenía razón. Jugó como si tuviera un revólver en la mano, halando el gatillo y con la boca emitía los ruidos de los disparos, *bang, bang, tuf, tuf, tuf, bang*. Jugaba a cazarlos a tiros. Uno a uno. *Bang, bang, bang, tuf, tuf, plinn, plinn, bang, bang.* Se levantó de la cama, fue hasta el radio y lo lanzó con fuerza contra el piso. Se hizo trizas. Pero no salía nadie. Miró con cuidado. Tenían que salir corriendo todos los hombrecitos y las mujercitas. Bien vestidos. Con traje y corbata ellos y con vestidos de cuadritos y collar de perlas ellas. Nadie. No salía nadie. ¿Dónde se escondieron? Pero ya estaba su mamá a su lado, gritando, histérica, como poseída por el diablo:

—¿Por qué has hecho eso? ¡¿Estás loco?!

Y sin pensarlo dos veces se quitó una chancleta y le dio unos cuantos chancletazos por las nalgas. El niño empezó a chillar también, de dolor. Se sumó Flora que gritaba a Nereyda para que dejara al niño tranquilo. Lo agarró por los brazos y lo llevó afuera, al jardín. Carlitos sollozaba. Flora, muy nerviosa por todo aquello, le preguntó:

—¿Por qué lo rompiste?

—Para ver a los hombrecitos.

—¿Qué hombrecitos?

—Dentro del radio. Tiene que haber hombrecitos y

mujercitas muy bien vestidos que hablan y se esconden y vuelven a salir cuando les toca hablar. Y así se pasan el día.

Flora lo miró fijamente:

—No hay hombrecitos y mujercitas. No existen. Me hubieras preguntado antes.

—¿Y por qué hay tanta gente hablando ahí?

—¿Dónde, Carlos?

—En el radio.

—No sé.

—Tú sí sabes pero no me lo quieres decir.

—¡Yo qué sé cómo funciona eso! ¡No sé! ¡No tengo idea! ¡No se puede saber todo!

—Alguien tiene que saber.

—Sí, alguien tiene que saber. El que lo inventó, el que lo fabricó. Pero yo no sé.

—No te creo.

—Ya. Vamos a ver si Nereyda se calmó para que te acuestes de nuevo. ¡Con lo que costó ese radio! Tu madre estuvo ahorrando un año para poder comprarlo. Menos mal que la pila no se rompió. Ahora no podemos ni oír las novelas ni música ni nada. Y por las noches será peor. Ahí fumando y mirando las estrellas.

—Huy, qué aburrimiento.

—Ah, la vida es así, Carlitos. Aburrida. Y, además, inexplicable. Así que no trates de abarcar tanto.

—¿Por qué?

—Porque puedes volverte loco.

EL CORAZÓN PALPITANTE

Manelik era mecánico de motores diésel y desde los veintidós años se enroló en la Royal Blue Shipping Company. Sacó cuentas. Sí. Veinte años navegando con la misma compañía. Su primer viaje fue como marinero de cubierta, en mayo de 1942, en un convoy que llevaba suministros de New York a Inglaterra, en medio de la guerra. No lo olvida jamás. Doce barcos mercantes y ocho destructores protegiendo alrededor de ellos. Los submarinos alemanes hundieron tres buques. Pudieron recoger a algunos sobrevivientes, pero la mayoría desapareció. Los barcos no podían detenerse. Al contrario, a toda máquina y haciendo zigzag, para dificultar el tiro a los submarinos nazis. Uno de los buques explotó, se partió a la mitad y se hundió en pocos minutos. Recuerda que en ningún momento se sintió inquieto. Veía todo aquello sin emocionarse, como si fuera una película. Después participó en otros dos convoyes, ya de ayudante de los mecánicos, y en poco tiempo aprendió y logró trabajar como mecánico. Era serio y responsable. Conocía su oficio y le gustaba. Y tenía una gracia natural para ganarse el aprecio y el respeto de sus compañeros. La buena suerte no viene sola, se decía siempre a sí mismo. En los últimos ocho años ha navegado en el buque Kumansala II. Ha tenido el cuidado de no aspirar nunca a ser jefe de máquinas. Le basta con su trabajo. Conocía todo el planeta. Más bien las ciudades portuarias. Recordaba sus aventuras. Cientos de historias de mujeres y borracheras en muchos lugares. Recuerdos borrosos y leves porque su espíritu es como el de un pájaro sin nido, que se deja arrastrar por el viento. Yo voy adonde me lleve el viento, dice riéndose. Siempre se ríe y transmite relax, pero en el fondo Manelik va a lo de él.

De las pocas veces que dispuso de suficiente tiempo en un puerto recordaba su viaje de tres días a Morelia, Michoacán, en México. El timón del barco se averió y estuvieron dos días a la deriva. Un remolcador los auxilió y fondearon en Mazatlán, el puerto más cercano. La compañía contrató a una empresa especializada para repararlo, pero la rotura era muy grave. Tuvieron que desmontar el timón viejo e instalar uno nuevo. Calcularon mínimo ocho días de faena. El capitán le concedió un permiso de siete días. Esa noche, en un bar del puerto, conoció a una mujer. Muy cariñosa cuando vio que él tenía dinero abundante y era generoso. Lo convenció de viajar hasta Morelia, «para que conozcas a mi familia». Él le siguió la corriente. Le gustaba la mujer, se sentía bien con ella, tenía tiempo y dinero, y nada que hacer en Mazatlán. Manelik, por supuesto, sabía que ella se traía algo entre manos. Él no tenía interés en conocer a la familia ni en establecer lazos afectuosos. Él mismo nunca tuvo familia. Su madre, cubana, murió en el parto y su padre, libanés radicado en Matanzas, lo crió como pudo. Sin cariño. Manelik más bien era un problema. Así lo sintió siempre hasta que se fue por su cuenta a los quince años y se encaminó en los barcos, de marinero. Manelik vivía bien en la soledad. Se sentía bien. Esta mexicana, le pareció recordar de golpe que se llamaba Laura, le gustó desde que la vio. En el viaje en tren, ella le confesó: «Quiero dejar esta vida y poner un negocio en Morelia. Una cocina económica. Solo para cenas. Me gusta cocinar». Manelik comprendió que eso era todo. Ella, astuta, quería enredarlo en su negocio.

Han pasado diez años tal vez. O poco más. Y no recuerda nada de ella ni de su familia. Absolutamente nada. Todo lo borró porque no le interesaba. Solo recuerda bien el largo viaje en tren. Un día con su noche. Tampoco olvida la cocina mexicana demasiado condimentada y picante, y sobre todo, el ascenso al templo de Tzintzuntzan, cerca de Morelia. Es una montaña con un lado casi vertical. Ellos subieron por una escalera colocada allí para los visitantes. El templo está en la cima. Las tribus originales del lugar hacían competencias. Formaban dos equipos de guerreros. Los Tigres y los Jaguares. Y ascendían por el lado vertical, algo casi imposible. El más fuerte y más hábil, que llegaba primero, recibía el premio: los sacerdotes, con una daga de obsidiana, le abrían el pecho, le sacaban el corazón vivo, latiendo, y se lo ofrecían a los dioses. Cavado en la piedra, en el piso, había un hoyo frente al altar. Allí colocaban en ofrenda el corazón palpitante. No se sabía qué hacían con el cuerpo.

Manelik solo recordaba esos detalles. Fue una gran lección que nunca olvidó. Hay que tener cuidado y no sobresalir. Te esfuerzas al máximo y te destacas y el premio puede ser tu perdición. Los otros, los que te dan el premio, te utilizan. Te utilizan sin compasión. Mantenerse en segundo plano. Vivir con discreción, pero en paz contigo mismo.

Había despertado al amanecer y ahora miraba al techo de su cuarto. Escuchaba el ruido de los carros en la calle.

Por la ventana abierta entraba la brisa del mar y el ruido del tránsito. Era un cuarto mínimo en un segundo piso. Fela, la vecina, tocó a la puerta. Él le abrió. Ella, sonriente, le traía un vaso de café americano recién hecho. Él le había dicho que le gustaba así, muy ligero, sin azúcar, bien caliente y dos o tres tazas. Ella lo tomaba fuerte, retinto y muy dulce. Y fumaba continuamente, cigarrillos de tabaco negro. Él no fumaba. Fela apenas le dio un beso rápido y le dijo:

–Me voy, mi amor, se me hace tarde.

Él le gruñó:

–Está bien.

El marido de Fela está en la cárcel hace tres años y debe cumplir por lo menos siete más, si logra salir en condicional al cumplir la mitad de la condena. Ella trabaja en una fábrica de medallas y trofeos. Manelik bebió el café caliente. Fue al baño. Estuvo sentado un buen rato. Después se puso el overol, sucio de grasa, y fue hasta el taller de su amigo Roberto. Reparan el motor diésel de un camión. Pasó todo el día en eso. Por la tarde, al oscurecer, sintió hambre. No había almorzado. Fela tenía casi lista la comida. Él se dio un buen baño con agua caliente y le propuso:

–Creo que queda una foto en la Polaroid. Ven.

Manelik no podía disimular su origen árabe. Muy masculino, lo tenía fácil con las mujeres. Era alto, delgado, flexible, con los músculos bien desarrollados, y tenía los brazos largos. Todo su cuerpo se movía rítmicamente, como un resorte bien engrasado. Y además no se alteraba ni alzaba la voz. Siempre mantenía la distancia. Un tipo tranquilo y sonriente. Se acercó a Fela, juntaron sus cabezas y sonrieron. Él extendió el brazo y tomó la foto. Un flashazo. Cinco segundos después la cámara expulsó una tarjeta cuadrada de cartón ligero. Manelik la batió en el aire varias veces, esperó un minuto y quitó el papel que la recubría. Ahí estaban los dos, en colores, sonriendo, y al fondo, la cocina. Fela, asombrada:

—Hay que ver. Lo que inventan hoy en día.

—Los americanos son así. Esto es muy cómodo y rápido. Toma, te la regalo. Busca un lápiz y le pongo la fecha, por atrás.

Fela le dio un bolígrafo. Y él escribió: «Matanzas, Cuba. Octubre, 1962». Fela puso la foto sobre una mesita de centro, recostada a un florero vacío, de vidrio. Cenaron arroz, boniato hervido y un huevo frito. Había escasez de alimentos. El problema con los americanos crecía. Ahora había un lío con los rusos y unos cohetes y los americanos que protestaban. Se sabía poco. O nada.

Por Radio Swan, en onda corta, decían que eran cohetes nucleares. Él no comentaba nada. En parte porque no le interesaba ni era un problema de él, y en parte porque lo mejor era no hablar de política para no buscarse problemas. Todo era política. Hasta decir que estaban pasando hambre era criticar al gobierno. No hablaba, ni con Fela ni con nadie. Se quedaron un rato escuchando en la radio un programa de danzones, en la emisora provincial. Era un pianista que solo tocaba danzones, cada tarde durante media hora. Ella habló algo de unas medallas muy bonitas que estaban haciendo y llevaban una cobertura de oro. Manelik le preguntó:

—¿Como es eso del oro?

—Se hace la base de aluminio y después se recubre con un baño de oro, plata, bronce. O níquel. Según. Ahora hay un pedido de quinientas de oro.

—¿Es oro bueno?

—Sí. De dieciocho kilates.

—¿Lo guardan allí o lo tienen en el banco?

—Allí. En la caja fuerte.

—¿Qué cantidad?

—¿Por qué preguntas todo eso?

—Por nada. Para hablar de algo.

—Yo no sé, mi amor. Eso es atrás, en fundición. Yo solo coso las lengüetas.

—¿Qué es eso?

—Cada medalla cuelga de una tira de tela y en el extremo se le pone un imperdible. Eso es la lengüeta.

Manelik no contestó. Tenía que irse de Cuba de algún modo. Había venido de vacaciones a fines de 1960. Quería hacer las paces con su padre, que, suponía, seguía viviendo en Matanzas. Después de más de veinte años. Error. Pésimo error. Dos días después de llegar estalló una gran bronca entre los gobiernos de Cuba y Estados Unidos. Y se suspendieron los vuelos entre los dos países. Él no lo podía creer. Intentó salir a México, pero no tenía dinero suficiente para comprar otro boleto. Su pasaje a New York había caducado. Así. Como sucede en tiempos de guerra. Perdió su boleto y no tenía suficientes dólares. Y no sabía cómo encontrar una solución. Había perdido su trabajo en el barco y encima no podía salir y se había quedado sin dinero. Y todo para nada porque su padre ya no vivía. Nadie lo recordaba en el vecindario donde habían permanecido tantos años. Lógico. El tiempo pasa y es implacable. ¿Para qué regresó? ¿Por qué? ¿Realmente le interesaba su padre? No, en absoluto. Le daba igual. Se había metido él solo en una trampa. Errores y estupideces que uno comete cuando no controla las emociones y los impulsos. ¡Más cerebro, Manelik! ¡Más cerebro!, se dijo a sí mismo. Y tuvo suerte en encontrar a esta mujer que le ayudó a alquilar el cuarto. Ella solo necesitaba mantener las apariencias ante los vecinos para que su marido, en la cárcel, no se enterara. Manelik le dijo:

96

—Él sabe de sobra que tú no vas a ser fiel tantos años. Da igual que nos vean o no.

—No da igual. Golpeó a martillazos a dos tipos en la valla de gallos. Y los dejó graves, casi muertos. Es muy peligroso.

—Le tienes miedo.

—Claro. Es muy violento. Muy celoso... ¡Me daba unas tundas! Ná, por gusto, ideas que él se hacía. Mira, esto me lo hizo él, con un cuchillo.

Y le enseñó una cicatriz en el pecho, encima del corazón. Vivían en un solar. Un largo pasillo oscuro, con diez habitaciones a uno y otro lado. Había dos baños. Uno en cada extremo. Y el entretenimiento preferido de las vecinas era conocer los detalles de las vidas ajenas y hablar. No había secretos. Todo se sabía.

Eran como un matrimonio a medias. Tenían sexo, ella cocinaba, le lavaba la ropa, era cariñosa. Pero separados. Cada uno en su cuarto. Él contribuía con la economía, pero no sabía ser cariñoso. No le brotaba. No lo sentía. Manelik era pragmático. Primera vez en su vida que tenía esta vida matrimonial. O casi matrimonial, con sexo a diario y besos y calidez de una buena mujer. Si lo pensaba bien, solo había estado con putas. Pagando. Y rápido. Por el reloj. Veinte minutos. Una hora. Esto era otra cosa. Le gustaba, pero su idea obsesiva la mantenía en secreto y no la comentaba con Fela ni con nadie: tenía que irse de algún modo. Llegar a New York. Intentar recuperar su trabajo en la naviera. Y regresar a su vida normal. Aquí le parecía que no tenía control y que vivía escondido, a hurtadillas, como si no perteneciera a este lugar o fuera culpable de algo. Y sí. Era culpable de haber viajado a Cuba impulsivamente, sin reflexionar, después de tantos años y tanto olvido.

Tenía que buscar dinero para comprar una lanchita

con motor. Quedaban unas pocas. Todos los yates, lanchas, botes, todo lo que flotara la gente lo utilizaba para irse del país. De noche, clandestinos. La mayoría sin brújula. Casi todos llegaban a Miami en uno o dos días de navegación. Él escondía en su cuarto una brújula. La negoció con un viejo del vecindario. A veces jugaba al dominó con un grupo. Una tarde el viejo lo llamó aparte y le propuso la brújula, sencilla, pero funcionaba bien. Se la cambió por un abrigo impermeable, grueso, muy bueno y bonito pero inútil en Cuba. El viejo quedó muy contento. Él también. Ahora necesitaba encontrar una lanchita con motor y dos o tres hombres que quisieran irse, para compartir los gastos. Si los cogían al salir, era una salida ilegal del país y le tocarían unos años de cárcel. Tenía que ser discreto. Eso era todo. Mantenerse entre la masa oscura, en silencio y sin sobresalir.

Una noche desapareció. Cenaron juntos. Él se fue a dormir temprano. Al día siguiente, cuando Fela le tocó a la puerta, con el café, ya no estaba. Y nunca apareció. Fela guardó la foto Polaroid en una gaveta. Para poder olvidar. También lavó y planchó toda su ropa y lo puso todo en una caja de cartón, fuera de la vista. Le había cogido cariño. Era un buen hombre. Muy silencioso. Ella sabía que él ocultaba algo. Y lo presentía. Él quiere regresar a su trabajo en los barcos americanos, pensaba. Tuvieron buenos momentos en la cama y poco más. Dos meses después llegó una tarjeta postal de New York. Era una panorámica de la ciudad, sin remitente. Con una letra pésima él había escrito: «Recuerdos. Manelik». Ella no lloró, y no sintió nada. Ni amor ni odio, ni tristeza, ni nostalgia. Ya se había adaptado a la soledad.

SECRETO

Carlitos escogió uno de los tatuajes. Un cowboy parado de frente, con las piernas abiertas y disparando con los dos revólveres. Fue al baño, se mojó el brazo y, con cuidado, observando en el espejo, pegó el pedacito de papel a la piel, sobre el bíceps izquierdo. Esperó un rato y lo desprendió. Ya. Hecho. El tatuaje se había adherido. Solo se disolvía si se restregaba con agua.

Estos pedacitos de papel con los dibujos venían envolviendo los chiclets-bomba. *Bubble gums*. Ya hacía dos o tres años que no había chiclets y nadie los recordaba. Carlitos había conservado los tatuajes cuidadosamente dentro del álbum de los sellos. Coleccionaba sellos de correo.

Es domingo y Fela está lavando a mano en el patio. Viene cada domingo a lavar porque Nereyda no quiere tener una lavadora eléctrica. «Rompen la ropa. Eso no sirve.» Fela vive muy cerca. Dice que trabaja en una fábrica de medallas y trofeos pero no le alcanza el salario. Tiene el marido preso y casi no habla. Así que no se sabe nada de su vida. Ha dicho que sus dos hijas se quedaron viviendo en el pueblo de campo y ya ella es abuela. Nereyda ha percibido que hay algo oscuro en su vida y quiere mantenerlo oculto. Llega cada domingo a las ocho de la mañana o antes, trabaja sin parar, sudando bajo el sol, termina al mediodía, cobra y se va. En todo ese tiempo, se detiene un minuto, una sola vez, a media mañana. Nereyda hace café y le brinda. Ella se lo toma rápido, enciende un cigarrillo y lo sostiene en la boca hasta que casi le quema los labios. Tiene las manos y los pies grandes y fuertes. Es delgada, rápida, enérgica. Suda copiosamente. Se concentra en su trabajo y no le interesa nada más. Y no sonríe. Demasiado seria.

Carlitos cumplió trece años y en pocos meses le ha cambiado la voz. Ahora es más grave y varonil. Además, ha dado un estirón brusco. La ropa y los zapatos ya no le sirven. Le quedan chicos. Y las tiendas están vacías, casi todas cerradas. No hay nada. Ni ropa, ni zapatos. Nada. Usa una camisa y un pantalón de su padre, y unos mocasines muy gastados, que Fela le consiguió y se los trajo de regalo. Son talla 46, la misma que usa Carlitos, pero no dijo de dónde los había sacado.

Nereyda lavó bien la cántara de aluminio de cinco litros, y se la dio a Carlitos:

–Dale, vete. No des más vueltas que vas a llegar tarde.

Cada domingo por la mañana Carlitos va con la cántara a las afueras de la ciudad. Los sastres, que tenían la Sastrería Reyes en los bajos de la casa, ahora tienen dos vacas. Y venden la leche. Viven de eso. Ya no hay tela, ni botones, hilo, nada. La sastrería cerrada. Además, ahora a nadie se le ocurre usar traje y corbata. Demasiado burgués. La moda es vestirse de miliciano y con las botas militares, siempre dispuestos a irse a las trincheras, con un fusil, o a los cañaverales, con un machete, a cortar caña para producir más azúcar. Esa es la idea. La filosofía del momento. Pegado en las puertas polvorientas y bien cerradas de la sastrería, se conserva un afiche con la consigna del año anterior, 1961, pero de plena vigencia: «¡Estudio, trabajo, fusil! ¡Alfabetizar, alfabetizar! ¡Venceremos!».

Una vez más Carlitos se asoma al patio, donde Fela trabaja en el lavadero y tiende la ropa al sol. Mira hacia la casa de la vecina. Los dos patios están separados por un muro de apenas un metro y medio de altura. Adelaida, la vecina, parió mellizos hace dos meses. Varias veces al día sale al patio a lavar pañales y después los tiende al sol para mantenerlos bien blancos. El marido regresa de noche, siempre vestido de miliciano y hasta tiene una pistola al cinto. Ella usa una bata de casa blanca, muy ligera y cómoda, y nada debajo. Sus grandes pechos chorreando leche, y mucho vello negro en las axilas. Es alta, delgada, bonita. Tiene una personalidad especial, atractiva, que irradia a su alrededor un magnetismo inexplicable, como si fuera una actriz de cine. Carlitos ve muchas películas. Le recuerda a Sofía Loren, o algo así. Carlitos lo siente. Lo percibe profundamente y no deja de mirarla. Por primera vez experimenta esa atracción irresistible y obsesiva. Se masturba varias veces al día. Es sexo, pero también es amor. Está enamorado sin remedio. Se vuelve loco cuando la ve y se le acelera el corazón. Nereyda lo saca de sus sueños:

–¡Dale, Carlitos, muévete, hijo, muévete!

La guagua demoró casi una hora. Los domingos es así. Reducen las frecuencias. Cuando llegó a la finquita de los sastres, Julia lo recibió con una gran sonrisa, como siempre. Lo hizo rodear la casa por el jardín y entrar por la puerta de atrás, directamente a la cocina. Le llenó la cántara con leche fresca, recién ordeñada, cobró y le dijo:

–Ve allá al fondo, atrás de las matas de naranja. Manolo te está esperando para que lo ayudes.

–¿En qué?

–Con las colmenas. Para que te lleves unos panales. La miel ahora está muy buena. Es de azahar.

Él no tenía ni idea, pero fue al fondo de la finquita, detrás de los naranjos. Manolo tenía seis colmenas. Lo esperaba sentado en un tronco, a la sombra.

–Ah, Carlitos, buenos días. Te estoy esperando.

–Buenos días.

–Ayúdame a sacar unos panales y así te llevas un poco para tu casa. ¿Cómo están tus padres?

–Bien.

–¿Y tú, qué tal? ¿Cómo va la escuela?

–Bien, bien.

–Bueno, mira, quítate la camisa, aprieta bien el cinturón y mete las piernas del pantalón dentro de las medias. Mira, fíjate en mí. Haz lo mismo.

Carlitos lo hizo. Manolo siguió:

–Coge este fuelle y echa humo. No puedes bajar los brazos. Las abejas pican si sienten que algo las roza o que las pueden aplastar. Las dejas que se paseen por encima de ti. Te harán cosquillas pero no puedes azorarlas. Tranquilo y control. ¿Está claro? Ningún gesto brusco.

–Sí.

–Esto es rápido. Tú echa humo y yo trabajo. Con lo que ha llovido en estos días, los panales están reventando de miel.

No fue rápido. Demoraron una hora. Con las abejas hay que ir despacio, y hacer las cosas bien. Manolo cortó panales de las seis colmenas y los puso en un cubo esmaltado que tenía a mano. Cientos de abejas se paseaban por encima de ellos, pero Carlitos tuvo nervios para mantener los brazos separados del cuerpo. Le hacían cosquillas en las orejas, en la nariz, pero él, muy concentrado, en silencio, solo movía el fuelle. Al fin terminaron. Manolo le dijo:

—Sigue echando humo. Están borrachas. Y nos vamos, despacio.

Al alejarse, las abejas regresaron a sus colmenas. Y ellos siguieron hasta la casa. Entonces Carlitos respiró fuerte y se relajó:

—Ufff...

—¿Qué? ¿Fue fácil, no?

—Sí, fue fácil, pero... ¡coño! ¿A usted nunca lo han picado?

—Sí, unas cuantas veces. Normal. Si les estoy robando la miel de vez en cuando se desquitan. Hacen bien en vengarse. Yo también lo haría.

Una hora después Carlitos llegó a su casa con la cántara de leche y un frasco de vidrio con panales. Nereyda puso a hervir la leche. Se cortó. Demasiado tiempo fuera del frío. Hizo dulce, con canela, quedó muy rico, pero no tendrían leche para el desayuno en toda la semana.

Fela tendía las últimas piezas. Tomó otro poquito de café. Encendió un cigarrillo, cobró, y ya en la puerta, le dijo a Nereyda:

—Tengo una ropa en la casa que le sirve a Carlitos. Unas camisas, dos pantalones, y hasta unos calzoncillos, unas medias, un par de zapatos.

—Tráelos. Yo te los compro.

—No. No. No hace falta. Se los traigo de regalo. Todo está desteñido y usado, pero va resolviendo.

—Sí. Él no tiene nada que ponerse. Está con un pantalón y una camisa de su padre.

—Es que creció muy rápido. Y en este momento, que no hay nada.

—En seis meses ha dado un estirón que...

—Bueno, me voy. El domingo que viene te traigo todo.

—Está bien. Gracias.

Carlitos salió al patio. La vecina no estaba a la vista. Vio que con el sudor el tatuaje se corrió y el cowboy con las pistolas parecía un fantasma desintegrándose. Fue hasta el lavadero y se lo quitó con agua. Lo restregó con rabia. Miró hacia el patio de la vecina. Desesperado por verla. Por acercarse a ella. Adelaida, Adelaida, ¿dónde estás?

ROXANA

Carlitos regresó a casa con dos semanas de vacaciones. Él y toda su compañía –setenta y dos hombres– se mantuvieron trabajando seis meses en unos montes cenagosos. A las seis de la mañana, después del desayuno, les daban una caja grande de madera, con veinte o treinta cartuchos de rocamonita, y aparte, bien separados, los detonantes ya preparados con mechas cortas. Y salían aún de noche hacia los pantanos, en medio de una nube de mosquitos y jejenes.

La rocamonita es muy segura. No explota por percusión ni por fuego o calor. Solo con un explosivo iniciador. Y, además, lo tenían todo bien organizado, bajo una disciplina estricta. Los jefes de pelotón asignaban los árboles. A cada recluta le tocaban al menos seis. Con unas barretas tenían que excavar unos huecos en la base de cada árbol, colocar la carga de rocamonita, introducir la cápsula detonante y dejar fuera la mecha de un minuto. Entonces se sentaban sobre algún tronco caído, a esperar las órdenes, casi siempre hundidos en el fango hasta media pierna. Los mosquitos se metían por la nariz. Se cubrían con trapos y dejaban solo los ojos a la vista. Entonces picaban en los párpados. Jejenes y mosquitos. El jején es tan diminuto que apenas se ve. Menos mal que la comida era buena y abundante. A media mañana repartían una merienda de yogurt y pan con dulce de guayaba.

El jefe de pelotón verificaba el trabajo uno por uno y se preparaba para dar las voces de mando. Todos, unos veinte hombres, tenían que encender las mechas al mismo tiempo, tres en cada tiro, y correr a refugiarse detrás de algún árbol, a una distancia mínima de cuarenta metros. No era fácil correr cuarenta metros hundiéndose en el fango hasta las rodillas o más arriba. Era un bosque tropical original, muy tupido. No se veían aunque estuvieran a veinte metros uno de otro. Y las mechas eran muy cortas. Un minuto. Nadie protestaba. Podían prepararlas para dos minutos, pero el que reclamara esto podía ser tildado de cobarde. Eran soldados machos. Y punto.

Cuando el jefe había verificado todo, daba la primera orden. Un grito que rompía el silencio del bosque y los tensaba:

–¡Para el primer tirooooooo! ¡Listooooossss!

Siempre alguien gritaba:

–¡No, no! ¡Permiso!

–¡Posición anterior! –gritaba de nuevo el jefe de pelotón.

Todos sabían lo que pasaba. Alguien con diarrea. A la hora de encender las mechas alguno se asustaba tanto que se cagaba. Literalmente. Pero solo sucedió las primeras semanas. Después se acostumbraron.

Estuvieron tumbando montes sin parar. Eran bosques originales, con una flora y fauna típica del lugar. Un universo, con su propia coherencia interna. Detrás de ellos llegarían unos tanques de guerra que arrastraban enormes cadenas y unas bolas de acero gigantes. Eran indetenibles. Lo apartaban todo y dejaban el terreno libre. Querían sembrar arroz en aquella zona. Finalmente no dio resultado porque las tierras eran salitrosas. Pero entonces no lo sabían. Fue una prueba de fuego. Una tarea de choque que nos han dado, decían los jefes. Seis meses sin permiso para ir a sus casas o para tomar unos días de descanso. No había tiempo que perder. Era un reto, asediados por los mosquitos, los jejenes y el fango apestoso de los pantanos. Eran buenos muchachos y hacían lo que les pedían, sin protestar. En el ejército no se protesta. Desde el primer momento, en todos los ejércitos del mundo, te enseñan que protestar, pensar, analizar, dudar, equivale a insubordinación y si lo comentas con otros es conspiración contra el mando. Te pueden tocar unos años de cárcel. Las órdenes se cumplen y no se discuten, decían siempre los jefes.

A doscientos metros del campamento tenían el polvorín. Una cueva enterrada en la tierra, con una puerta de hierro y dos candados. Había que mantener una guardia permanente de dos hombres. Disponían de unos viejos fusiles alemanes Mauser, usados por los nazis en la última guerra. Tenían la suástica colgando de un águila, grabada en el acero encima del gatillo. Pesaban muchísimo, eran de seis tiros y de alta precisión. Decían que eran especiales para francotiradores. A los dos meses los cambiaron por unas metralletas checas. Mucho más ligeras y de tiro rápido. Muy cómodas, aunque se encasquillaban con frecuencia y había que perder tiempo destrabando y sacando las cápsulas. Al menos eran muy ligeras.

Una mañana de abril, sorpresivamente les dijeron que recogieran sus pertenencias. Lo hicieron en un minuto. Cada uno tenía solo una mochila pequeña con dos o tres trapos muy sucios, un jarro, una cuchara y un cepillo de dientes. Eran estoicos. Al mediodía llegaron unos camiones y los llevaron de regreso a la unidad. Un viaje de seis horas. Sacaron cuentas. Desde el 3 de noviembre al 24 de abril. Cinco meses y veintiún días. Sin perder tiempo los reunieron en la plazoleta y les concedieron un permiso de catorce días. Alegría general. Carlitos se dio una ducha y se vistió de limpio. Hacía días que tenía una picazón persistente alrededor del ombligo. La piel se había puesto rojiza y fea. Esto es sarna, pensó. En el campamento a veces los otros muchachos se sentaban en las hamacas ajenas. A conversar. Quizás alguno tenía sarna, pensó. Se vistió y se fue para su casa.

Llegó de sorpresa. No tenía llave. Y ya eran las diez de la noche. Tocó a la puerta. Nereyda abrió, preguntándose ¿quién será a esta hora? Fue tan grande la emoción que lo abrazó y no quería soltarlo.

–¡Hijo, hijo! ¿Qué te han hecho? ¿Por qué estás tan flaco? ¿No te daban comida?

–No estoy flaco, mamá. La comida estaba bien, mejor que aquí en la casa. Estoy fuerte. Me he puesto más fuerte. Es un trabajo muy duro.

Al día siguiente fue al médico. Nereyda lo acompañó. El doctor fue tajante:

–Escabiosis. Muy difícil de curar porque se contagia por contacto. Tienes que ser muy estricto. Si cumples lo que te voy a indicar, en quince o veinte días estás curado.

Y a continuación explicó meticulosamente todas las medidas de higiene, los cambios diarios de ropa y sábanas, la medicina, el aislamiento, evitar los contactos con otras personas. Y él pensó: y evitar que la gente lo sepa para que no me digan sarnoso.

Nereyda –le encanta su papel de mamá eficiente, protectora, imprescindible– adoptó todas las medidas en cuanto llegaron a la casa. Así, restándole importancia, le comentó:

108

–Roxana viene por aquí cada dos o tres días. Es muy cariñosa, muy simpática. ¿Ustedes...?

–Sí, mamá, seguimos. Nos escribimos en todos estos meses. Bueno, ella sobre todo. Cada tres o cuatro cartas de ella yo le mandaba una.

–¿Ustedes han hablado de casarse?

–¡No, no! ¿Y eso?

–Ella habla de la boda y hasta de la luna de miel en Varadero.

–No le hagas caso.

–Ten cuidado porque si le pegas la sarna entonces sí que no te curas y se va a complicar.

–Uhmmm.

–Yo sé que llevas seis meses...

–Ya, ya. Déjame tranquilo.

–Bueno. Explícale lo que dijo el médico...

–Síííí, yaaaaaaa... yo sé lo que tengo que hacer.

–No quiero ser pesá, pero ella es divorciada y se ve que le gusta el chuaqui chuaqui, y tú, a tu edad y con seis meses sin sexo...

–Yaaaa, te dijeeeee, déjame tranquilo. Yo sé lo que estoy haciendo.

Por la tarde, cuando refrescó, Carlitos cogió la bicicleta y fue a casa de Roxana. Quería darle la sorpresa. Le gustaba mucho y se sentía muy bien con ella, pero nada de matrimonio. No se lo dijo a Nereyda para cortar la conversación, pero en varias cartas Roxana había mencionado lo de la boda. Él evadía ese asunto y le escribía de otros temas.

Ahora, en la bicicleta, solo de pensar en Roxana tenía una erección. Cortó esos pensamientos. Carlitos tiene veinte años y, como le recordó Nereyda, lleva seis meses sin sexo. Roxana tiene veintitrés y es divorciada, después de un matrimonio que duró unos pocos meses. Es risueña, alegre, se ríe siempre con ganas y es muy sexy. Delgada, con una cara cuadrada. De niña practicó gimnástica. Y está enamorada. Se siente muy bien. Carlitos le había escrito que le quedaban solo tres meses para terminar el servicio militar. Saldría como primer teniente de la reserva y quería estudiar Arquitectura. Ella no pensaba en todo eso. La vida es más sencilla. No hay que hacer tantos planes. Ella dejó el colegio cuando terminó la secundaria básica. Ni pensó en entrar en el preuniversitario. ¿Para qué? No le gusta estudiar. No le gustan los libros. No le gusta leer. Su padre la mantiene. Quiere casarse de nuevo, tener hijos, unos cuantos porque ella es hija única y es muy aburrido no tener hermanos. Eso es todo. Sencillo y directo. Evita dar vueltas en la vida, perder el tiempo, y pensar en cosas extrañas.

Roxana leía una novelita de Corín Tellado. Se las prestaba Nereyda, que tenía muchas. Vivía en una casa antigua y grande, con su familia, que era corta: el padre, la madre y la abuela. Cuando vio a Carlitos se quedó sin habla. No lo esperaba. Se le lanzó al cuello, lo abrazó fuerte y se lo comió a besos. Él también pero enseguida la apartó y le dijo:

–Roxi, mi amor, no te me pegues así. Tengo sarna.

–Uhh, por Dios, ¿pero y eso? ¿Cómo que no me pegue?

–El médico me dijo esta mañana...

–¡No jodas, Carlos! ¡Hace seis meses que no nos vemos y me dices...!

–Sí, yo también estoy volao, mira...

Y le enseña la erección.

–Dice el médico que hay que esperar quince o veinte días...

–¡No, no! ¡Ese médico está loco! ¡Seis meses, papi, seis meses aquí solita y pensando en ti todo el día! ¡Y ahora quince días más! ¡No, no!

110

–Tranquilidad. Coge calma.

Se besan con todo el amor del mundo. Se sientan en el sofá. Y Roxana:

–¿Quién te pegó la sarna? ¿Estuviste con alguna mujer?

–No, con nadie. Es un monte, una ciénaga. Allí no vive nadie. Tú no te imaginas.

–¿Entonces?

–Las hamacas estaban asquerosas y a lo mejor alguien se sentó en la mía... en fin, no sé. El campamento estaba limpio, pero uno no sabe...

–Bueno, papi, esperamos. Qué se le va a hacer. Esperamos un poco más.

Y muy bajo, al oído:

–Quiero estar siempre contigo. Y que me preñes rápido y tener unos cuantos hijos. Nada más que de pensarlo me vuelvo loca. ¿Cuándo terminas el servicio?

–Mira, que te quede claro. Yo tengo veinte años y muchas cosas que hacer. Por ahora no me voy a casar ni a preñarte. Olvídate de eso.

–¿Y qué vas a hacer?

–Estudiar Arquitectura. Quiero concentrarme en eso. Y es becado en La Habana. Aquí no.

–Bueno, ya. Es una colección de malas noticias. Una atrás de la otra, en un minuto. Que si la sarna, que si estudiar en La Habana. Que si no nos podemos tocar. Que no quieres casarte. Que no podemos hacer el amor. ¡Huyyyy, qué difícil lo pones, papi! Todo es no, no, no, no, no. ¿Me quieres o no me quieres?

–Sí, te adoro.

–Ah, entonces ya. Yo también te adoro. Y no puedo vivir sin ti.

En la mañana del día siguiente, después del ritual higiénico de bañarse, ponerse ropa limpia, aplicar la medicina, Carlitos se fue en la bicicleta a la playa. En una mochila de loneta llevaba las aletas, el snorkel y la careta. Necesitaba relajarse. Mucho tiempo sin ver el mar. Fue hasta la playa y se lanzó al agua. Nadó un par de horas mirando el paisaje submarino. Le gustaba más esto de mirar que venir con la escopeta de ligas para pescar. Nadar y observar sin rumbo, sin objetivos, sin tarea que cumplir. Al mediodía regresó a la casa. Roxana lo esperaba y ayudaba a Nereyda con el almuerzo. Hablaron poco. Sobre la playa, sobre el trabajo con los explosivos. Carlitos no quería hablar de lo que había hecho. Tantos meses destrozando aquel lugar. Quería olvidar un poco. Era lo mejor. Olvidar.

–¿Y para qué quieren tumbar esos montes? –preguntó Roxana.

–Dicen que van a sembrar arroz. No sé. Da igual.

Cuando terminaron de almorzar, Carlitos dijo:

–Voy a la biblioteca. Vengo por la tarde.

–Voy contigo –dijo Roxana.

Fueron caminando. Solo cuatro cuadras. Roxana, muy alegre, le dijo al oído: «Quiero estar siempre contigo». Le gustaba repetir esa frase.

Carlitos buscó en la estantería de Arquitectura y encontró una buena cantidad de libros sobre Historia de la Arquitectura. Escogió uno y se sentó a leer. Roxana, a su lado, no hacía nada. Miraba a la gente. Carlitos la besó con amor y le dijo, burlón:

–Quiero estar siempre contigo. Quiero estar siempre contigo. Quiero estar siempre contigo. Pero nos vamos a aburrir, Roxi.

–Nadie se va a aburrir, Carlos. No sigas con la negatividad.

112

EL LIBANÉS

Todo fue rápido e inesperado. Hacía mucho que había perdido el sentido del tiempo. No sabía si era de día o de noche. Le dijeron que quedaría libre por falta de pruebas. Lo condujeron a la entrada, le devolvieron sus pertenencias. No tuvo que firmar nada ni le dieron papel alguno. Él guardó silencio todo el tiempo. En cinco minutos estaba en la calle. La fuerte luz del sol lo deslumbró. Se sintió muy débil y mareado. Cerró los ojos y se adaptó. Conocía aquella zona de la ciudad. Caminó unas cuadras, preguntó, llegó a una parada de guaguas. En el bolsillo del pantalón tenía unas monedas y unos billetes. Media hora después ya estaba frente al edificio donde vivía. Se sentía muy débil pero tenía que llegar a su cuarto. Era un caserón grandísimo y viejo, frente al mar, en la esquina de las calles Pavía y Contreras. Un palacete venido a menos. Cada inquilino tenía una habitación. Y baños compartidos. En el patio central todo tranquilo y en silencio, como siempre. Subió las escaleras.

Se sentía extenuado. Con hambre, sed, cansancio, pero anestesiado. O preparado para la muerte. Oraba continuamente, en silencio. Sentía que Dios estaba a su

113

lado. ¿Protegiéndolo? Sí, seguro. Pero sobre todo permanecía a su lado para llevarlo. Y él estaba listo para irse. No tenía miedo a morir. Por eso seguía adelante, en silencio, hasta que llegara el momento. No miedo, no cólera, no venganza, no odio, no inquietud. Tranquilo, Ahmad, tranquilo.

Se paró ante la puerta de su cuarto. Estaba bien cerrado con un pedazo de cadena y un candado. Tocó a la puerta de Mirella, la vecina. Ella se asomó a la puerta entrejunta y no lo reconoció hasta que él le dijo con un hilo de voz: «Soy Ahmad». La mujer abrió los ojos:

–¡No me lo puedo creer! ¡Ay, Dios mío! Entra, entra. Y siéntate. Yo creí que te habías muerto. ¡Estaba segura de que no te iba a ver nunca más en la vida!

La mujer dijo todo esto –inconscientemente– en voz baja, susurrando, para que nadie los escuchara. Era una sola habitación, amplia, como la de él, de seis por seis metros, con un balcón que daba a la calle. Ahmad le pidió agua. Tomó dos vasos y le pidió café. Ella lo hizo, muy nerviosa. Temblaba de emoción, asustada por el regreso repentino de Ahmad. Él tuvo un vahído con el café. Sintió que le bajaba la presión y se le nublaba la vista. Se disculpó:

–Es que hace días...

–Que no comes. Se ve. No tienes que decirlo. Te voy a preparar una sopa. Y te voy a abrir la puerta de tu cuarto.

–¿Existe todavía?

–Sí, muy sucio porque no lo he limpiado jamás. Pero ahí está. Se llevaron todas tus herramientas y los equipos.

–Da igual.

Entraron al cuarto. Imposible. Demasiado polvo. Mirella abrió la puerta que daba al balcón y le hizo esperar en el cuarto de ella.

–Acuéstate en la cama de Osvaldito en lo que está la sopa y limpio tu cuarto. Descansa un rato.

Él se acostó y se quedó dormido. No soñó. No tuvo pesadillas. Despertó. Mirella era una mujer fuerte y corpulenta, muy decidida y un poco tosca. Gente de campo venida a la ciudad. Vivía sola. Osvaldo, su hijo, se había ido para Miami. Ella, sentada junto a la mesa de comer, bordaba en una pieza de tela blanca. Por el balcón abierto vio que era de noche.

–¿Qué hora es, Mirella?

–Las once de la noche. Has dormido más de doce horas. Como si estuvieras muerto. Ni roncaste. Te voy a calentar la sopa.

Tomó el plato de sopa, muy despacio, y le asentó bien. Fue para su cuarto. Ahora está limpio y ordenado, con sábanas limpias y por el balcón entra la brisa del mar. Mirella, a su lado, le dijo:

–Vinieron tres veces y se lo llevaron todo, hasta las antenas que tenías en el balcón. Yo te recogí el letrero que habías clavado en la puerta. Está ahí.

Era un letrero pequeño. Una tabla pintada de verde. Con letras blancas ponía:

AHMAD HAZEN
REPARACIÓN RADIOS Y TOCADISCOS
ESPECIALIDAD EN ATWATER KENT
ONDA CORTA – ONDA LARGA – FM
GARANTÍA EN CADA TRABAJO

Mirella preguntó:

–¿Qué pasó? ¿Por qué te llevaron preso?

Ahmad solo la miró fijamente, con el entrecejo apretado y le dijo:

—No sé. No me acuerdo. ¿Qué día es hoy?

—Jueves. 15 de noviembre.

—¿El año?

—1963.

Ahmad se quedó tranquilo. Mirándola. Ella continuó:

—Te llevaron preso el 2 de mayo de 1962. Hace un año y medio. Me acuerdo muy bien porque tres días después, el 5 de mayo, Osvaldito se fue con unos amigos en una lanchita. A remo. No tenían motor. Me ha mandado fotos y me escribe. Después te enseño las fotos. Está bien.

—Entonces, a ver si entiendo. ¿Estuve un año y medio preso?

—Sí. ¿Por qué te cogieron preso? ¿Qué hiciste?

—Nada.

—Bueno. Tú sabrás. Si no quieres hablar... tú sabrás.

—Es que no me acuerdo de nada. Se me ha olvidado.

—O no quieres acordarte.

—Tengo hambre.

—Ven y tómate otro plato de sopa con pan. La voy a calentar.

Mientras él se tomaba el caldo bien caliente, Mirella habló de Osvaldito, de su trabajo en un barco de pesca de camarones, vive en Boca Ratón y se casó con una cubana.

—Ah, en todo este tiempo no vino nadie buscándote. Tú que tenías tantos clientes. Parece que se enteraron que estabas preso y se perdieron de aquí. Normal. Nadie quiere complicarse. Vino un mulato alto, joven, muy sonriente. Bueno, joven no, como de cuarenta y pico de años. Preguntó por ti, pero yo le dije que no te conocía. Insistió que tenía que localizarte. Que no era por trabajo sino por algo personal. Yo no solté prenda. Le dije que no te conocía. Y se fue. Parecía extranjero.

—¿Por qué?

–Por la ropa, los zapatos. Un poco extraño. Y la forma de hablar. Muy educado. No parecía cubano.

–¿Dijo su nombre?

–Sí, pero no me acuerdo... Menel. Menelkik. Algo así.

–¿Manelik?

–No me acuerdo bien. Creo que sí. Manelik. No estoy segura. Hace mucho tiempo. Y no le presté atención. Estuvo un minuto. Menos, porque yo... le cerré la puerta en la cara. Lo que me acuerdo de su sonrisa. Con unos dientes muy blancos. Tiene una muchas problemas para que aparezcan más enredos. Yo estoy muy nerviosa. Desde que Osvaldito se fue vivo a base de pastillas. Meprobamato. Diazepam. Lo que encuentre.

–Hiciste bien, Mirella. Hiciste bien.

Ahmad salió caminando despacio y bajó las escaleras. Cruzó la calle y se paró frente al mar. La noche muy oscura, sin luna. El agua negra. La noche negra. Respiró profundo y aspiró el olor a mar. A yodo y salitre. Y se sintió bien, como si flotara, como si no fuera de carne y hueso. Cerró los ojos y aspiró fuerte. Aquel olor a marismas. Entonces recordó de golpe dónde escondía la pequeña llave de telégrafo. Subió a su cuarto y metió la mano dentro del closet de la ropa. Abajo, junto al piso y en el interior del marco de la puerta, había un pedacito de madera, suelto pero bien ajustado. Se requería habilidad para quitarlo. Lo hizo y sí, el pequeño hueco relleno de papel bien embutido. Retiró el taco y ahí apareció la llave. Entonces recordó todo el código morse, el hombre que le traía los mensajes cifrados, las frecuencias de transmisión para cada día, y el dinero. Todo vino a su mente como un relámpago. Cogió el pequeño aparato y el cable de conexión a la radio de onda corta. Una radio inversa. Es decir, un Atwater Kent que era, y parecía, un receptor doméstico común y corriente, pero además era un transmisor de onda corta. Bajó de nuevo al mar. Estaba muy oscuro. Paseó un buen rato, despacio y tranquilo, y comprobó que no había nadie en los alrededores. Se acercó a la orilla y lo lanzó al agua, bien lejos. Entonces respiró tranquilo. Y sonrió con alivio. En voz baja se dijo a sí mismo: «*Game over. Game over*».

ASESINOS EN SERIE

Sentían el frío de diciembre. Eran casi las doce de la noche y estaban sentados en un banco de un parque, en las afueras de la ciudad. Carlitos había ido al albergue de Lorena a las nueve de la noche y salieron a comer pizzas. Diciembre de 1969. No había muchas opciones para comer. Estaban en Santa Clara, una ciudad grande y moderna, pero, hacía años se sentía cierta parálisis en el país. No se sentía, era la realidad más inmediata y evidente. Escasez de muchas cosas, economía retenida y en retroceso. Un poco caótico y cambiante. Cada día había algo nuevo, como en una vorágine. Según el diccionario de la Academia, vorágine significa aglomeración confusa de sucesos, de gentes o de cosas en movimiento. Pues sí. Era eso. Una vorágine perfecta.

Pero ellos, demasiado jóvenes, se concentraban totalmente en sus vidas y su amor. Es decir, hacían lo posible por mantener su espacio privado, sus secretos y su amor. Tenían diecinueve años y desde 1966 estudiaban en un instituto tecnológico, en La Habana. Les quedaba un año por delante para graduarse como técnicos en construcción civil. Ahora cursaban un semestre de prácticas en construcciones reales. Lorena en Santa Clara, en un barrio de edificios prefabricados en las afueras de la ciudad. Carlitos en Matanzas, en unas ampliaciones de los muelles del puerto. Después se reunirían de nuevo en La Habana, para cursar el último semestre y ya vendría la graduación. Carlitos quería seguir estudiando. Arquitectura. Era su sueño dorado desde su adolescencia. Conocía la vida y obra de todos los grandes arquitectos del siglo XX, desde Le Corbusier, van der Rohe y Gropius hasta Frank Lloyd Wright, Niemeyer y Lúcio Costa. Vivía fascinado por la arquitectura de grandes edificios y el urbanismo. Tenía álbumes donde pegaba recortes de fotos y notas o artículos de prensa sobre todo lo relacionado con la arquitectura, los nuevos materiales de construcción, las teorías sobre urbanismo, entrevistas a arquitectos notables. Le apasionaba todo ese mundo.

Lorena, en cambio, no aspiraba a tanto. Quería ir a trabajar. Necesitaba ser independiente. Ganar su propio salario y no depender más de sus padres. Aspiraba a tener pronto su casa, su familia, su marido, su trabajo y organizar su vida de un modo normal y convencional. No veía otro camino. Y no quería regresar a la casa de sus padres. Vivían en una finca pequeña en el campo, muy alejados del pueblo más cercano, y encima eran bastante pobres.

Carlitos era anticonvencional y un poco egoísta. O perseverante. Quería hacer las cosas a su manera, a su conveniencia. Pensaba estudiar Arquitectura, es decir cinco años más, seguir viviendo con sus padres y que lo mantuvieran. Nada de responsabilidades ni ataduras, ni familia ni trabajo. Él y la arquitectura. La arquitectura y Él. Sería un gran arquitecto. Todo lo demás sobraba en sus planes. Lorena le dijo varias veces:

—Estás muy recostao a tus padres.

Él se sonreía y callaba. Lo consideraba un derecho. No lo ponía en duda ni por un minuto. En una ocasión Lorena le preguntó directamente si cuando se graduaran se casarían, para vivir juntos y tener dos niños. La pregunta tomó de sorpresa a Carlitos y evadió una respuesta frontal:

–No sé, Loren. Tú haces cada pregunta.

–Yo te quiero mucho.

–Yo también.

–¿Entonces?

–No sé. Ya veremos.

Suficiente. Lorena no volvió a preguntar y trató de olvidar el tema. Su olfato femenino le indicó que ese no era el hombre, aunque lo amaba profundamente. A veces pensaba: «Es el hombre de mi vida». Se divertían. Los fines de semana paseaban en La Habana. Iban al cine, al Coppelia a tomar helados, a la playa de Santa María, compraban libros, que eran muy baratos, y leían bastante, iban a galerías a ver buenas exposiciones, y tenían sexo. En esto último todo era válido menos la penetración. Loren insistía en la costumbre tradicional de guardar la virginidad para la noche de bodas. Era así y no había necesidad de ponerlo en duda. Muchas de sus amigas ya no tenían en cuenta esta tradición secular. Algunas, apenas con catorce o quince años, se habían hecho un aborto y tenían colocado un anticonceptivo. Era muy fácil hacerse un aborto y protegerse con un dispositivo intrauterino. «Ponte un DIU y ya»; era lo mejor para evitar los embarazos y los abortos. Pero Lorena pertenecía a una familia de campesinos y creía ciegamente en esta regla de la decencia. Conservar la virginidad.

Algunas veces fueron a los salones de La Tropical y del Lumumba a bailar casino, pero iban demasiados guapos barrioteros a buscar bronca. Algunos con cuchillas. Provocaban a alguna pareja que bailaba feliz, hasta que se formaba el lío. Todo terminaba con sangre, heridos, ambulancias y policía. Dejaron de ir a bailar. Carlitos practicaba deportes y estaba fuerte, pero era pacífico. No le interesaba esa gente pandillera, ignorantes de barrio bajo. En cambio, a veces iban al ballet y a los conciertos de la Sinfónica. A Lorena le encantaba el ballet pero no la Sinfónica. Se sabían de memoria *Edipo Rey* y *Carmen*. Las obras de teatro pobre de Grotowski, *La clase muerta* de Kantor. Las canciones de Pablo, Silvio y Noel. Y más. Mucho más.

Hacía tres años que estudiaban juntos en la misma aula. Y desde hacía dos eran novios. No fue amor a primera vista. Primero fueron buenos amigos. Y solo después que se conocieron a fondo sintieron la atracción del amor. Pero no habían experimentado aún esa sensación del tiempo que pasa. Con diecinueve años vivían felices, o al menos satisfechos, el día a día. Disfrutaban inmensamente, sin conciencia clara de lo felices que eran, lo consideraban un derecho. Y pensaban que siempre, eternamente, seguirían jóvenes, bonitos, fuertes y saludables, con una energía arrolladora, deseosos de besarse y estar juntos. Con diecinueve años es fácil pensar que todo seguirá siempre igual de maravilloso y que la juventud es eterna y nunca se agotará.

En agosto de 1968, los soviéticos invadieron Praga, con tanques y soldados. En el Tecnológico durante varios días hicieron actos de apoyo a los rusos. Algunos de los muchachos pensaron que aquello era un abuso de un país enorme y poderoso contra un país pequeño. Pero nadie se atrevió a protestar. Ellos tampoco. Miedo. Sentían miedo. Si daban su opinión en voz alta lo menos que podía pasar era que los echaran del Tecnológico. Y ya los marcaban y se les haría difícil la vida. Además, esos países estaban demasiado lejos, y no se sabía bien qué había pasado. Toda la información era confusa.

Otro tema que inquietaba a Carlitos porque no comprendía bien qué pasaba, era el de su familia, que se iba a Miami. Tenía siete tíos por cada rama, y una buena cantidad de primos. Gente sencilla y de clase media baja. Se iban por el puente aéreo de Varadero a Miami, con dos vuelos diarios desde 1965. Todos pasaban por su casa en Matanzas para descansar y despedirse. Eran partidas definitivas. Sin regreso. Todos cargados de rencor porque les habían hecho esperar dos o tres años, o más, para recibir el permiso de emigración. ¿Por qué? Si se querían ir, ¿por qué los sacaban de su empleo y los obligaban a hacer trabajos duros antes de irse?

Para Carlitos era complicado. No entendía. Y nadie le aclaraba nada. Todo era como un misterio impenetrable, un laberinto. Él era ingenuo y romántico. No tenía el sexto sentido pragmático, la brújula, que deben tener los seres humanos para convivir en sociedad y comprender la política y sus mecanismos tan circunstanciales y efímeros. A él le interesaban más los largos ciclos del proceso civilizatorio que la inmediatez y la fugacidad de la política.

—Tú vives en las nubes —le decía Lorena con frecuencia.

Y era cierto. Pero él no sabía, o no quería, poner los pies en la tierra. Le gustaba vivir así, un poco con la cabeza en las nubes, con sus sueños y su mundo particular. Más allá de las circunstancias del momento y de la política, coyuntural y cambiante. Era un filósofo, aunque no tenía conciencia de ello. Es decir, asumía una actitud filosófica y analítica ante la vida cotidiana. Quería comprender todo a fondo. No se contentaba con nadar en la superficie, necesitaba bucear a más profundidad. A veces se abstraía tanto, se alejaba tanto, que Lorena pensó que podía ser un poco autista.

En el Tecnológico tenían poco tiempo para pensar. Era, además de institución académica, una unidad militar, con una disciplina estricta. Los estudios eran exigentes y complicados, con asignaturas tan complejas como Cálculo Diferencial e Integral, Estática, Hormigón Armado, Estructura, Trigonometría y Topografía, o Materialismo Dialéctico, Historia de la Arquitectura, Gramática, Química, Dibujo Técnico, Organización de Obra e Historia de Cuba. Tenían que estudiar intensamente a diario, además de los ejercicios militares, siempre sorpresivos, dos o tres veces al mes. Al graduarse recibían el título de técnicos, y también el grado de primer teniente de la reserva.

Fueron años duros. Aptos solo para estoicos. Quizás por eso Carlitos y Loren se concentraban lo posible en sus vidas privadas y olvidaban hasta cierto punto lo que sucedía alrededor. Pero, claro, es imposible evadir totalmente lo que sucede alrededor porque la realidad te salta como un tigre con colmillos afilados.

Una tarde, ya casi de noche, vieron a Ramonín que se dirigía hacia el portón del frente, la entrada principal. Iba vestido de civil y se llevaba todas sus pertenencias en un pequeño maletín. No saludó a nadie ni se despidió. Solo se fue. ¿Qué había pasado?

Ramonín era muy inteligente, sobresaliente en todas las asignaturas. Y era gay. Aún no se usaba esa palabra tan refinada y democrática. Se decía maricón y en todo caso invertido, homosexual, amanerado, afeminado. Y otras formas aún más despreciativas: pájaro, cherna, pargo, loca, mariconsón, maricona. Fueron años difíciles para los gays

124

y no querían que Ramonín llegara a graduarse. Una sociedad machista y falocrática no podía permitirlo. Unos días después todos se preguntaban qué había pasado con Ramonín. Alguien dijo: «Le hicieron una cama y lo cogieron en el brinco, con el rabo de un tipo en la mano. Y ya. Lo botaron y hasta le levantaron un acta». Ramonín se autocontrolaba pero a veces perdía el sentido de la precaución y soltaba plumas al hablar, al moverse. Se veía a las claras que era una mujer en un cuerpo de hombre. Le pusieron un cebo. Hicieron que un mulato, nunca se supo quién fue, lo tentara. Y cuando Ramonín se acercó a él, se arrodilló y empezó a bajarle el pantalón, salieron unos jefes que estaban escondidos por allí y ya tuvieron pruebas de su inmoralidad. Un pretexto perfecto para echarlo a la calle por desviación ideológica. Había que ser macho. Y demostrarlo.

Carlitos y Lorena habían comido unas pizzas y un par de cervezas a las nueve y pico de la noche, en un restaurante del centro. Después salieron caminando despacio, sin saber hacia dónde iban porque Santa Clara es una ciudad pequeña y tranquila. Se alejaron un poco de las zonas iluminadas, pasaron frente al Hospital Psiquiátrico y encontraron un parque escasamente iluminado y rodeado por una verja alta. Tenía un portón amplio y por allí entraron. Se sentaron a besarse y hablar. Hacía un mes que no se veían. Carlitos había llegado por la tarde en un ómnibus desde Matanzas y alquiló una habitación en un hotel pequeño. Tenían mucho de qué hablar y sobre todo, anhelaban tocarse y sentirse.

Hacía frío y Lorena empezó a temblar. Carlitos dijo:

—Yo también estoy temblando. ¡Qué frío! Mejor vamos a mi hotel.

De repente, a dos pasos de ellos, surgieron dos tipos entre unos matorrales. Un negro alto y fuerte, con una camiseta enguatada blanca. Tenía una cara brutal y fea. Y muy fuerte, con músculos muy grandes y bien definidos por la camiseta. Metía miedo, y se veía que era el jefe. Al lado de él, un blanquito, bajito, flaco, insignificante, pero con un palo en la mano. Actuaron rápido. Se acercaron a un metro de ellos y se pusieron a mirar hoscamente a la pareja. Carlitos, sin pensar, dijo, amenazante o intentando parecer viril y amenazante:

—Oye, ¿qué tú quieres?

Y el negro:

—¿No se puede estar aquí?

Carlitos reaccionó sorpresivamente. Se puso de pie. Dio un empujón inesperado al tipo. Un empujón fuerte que lo hizo perder el equilibrio y caer al suelo de espaldas. Con eso Carlitos ganó dos o tres segundos y le gritó a Lorena:

—¡Vamos!

La agarró por el brazo y salieron corriendo hacia el portón de entrada. Los dos individuos trataron de bloquear corriendo tras ellos. A duras penas lograron salir a la calle y siguieron corriendo hacia la ciudad. Corrieron varias cuadras. Había un poco más de luz de las farolas. Miraron atrás. No los perseguían. Siguieron caminando aprisa, muy asustados. Lorena empezó a llorar. Y siguió llorando sin parar, de puro nervio. Le dijo a Carlitos:

—No quiero ir al hotel así llorando. Estoy muy nerviosa. Llévame a mi albergue.

Carlitos se quedó con ella, acariciándola, hasta que se tranquilizó lo suficiente para irse a dormir. Al día siguiente estuvieron toda la mañana juntos, pero casi no hablaron. Querían olvidar y no hicieron ningún comentario.

126

Carlos subió al ómnibus de las cinco de la tarde para Matanzas. Se besaron y se abrazaron con fuerza y al oído se susurraron:

—Te quiero, mi amor. Te quiero mucho.

Más besos y Carlitos partió. Cada dos o tres días Lorena llamaba a la oficina de la sección técnica donde trabajaba Carlos, en el puerto de Matanzas. Hablaban un buen rato. De todo menos del asalto nocturno que habían sufrido. Ya habían pasado dos semanas. Lorena llamó y le dijo:

—Carlos, mi amor, ayer hicieron el juicio de los asesinos.

—¿Qué asesinos?

—Los que nos asaltaron.

—Ah, sí...

—Eran una banda de cinco y habían matado a seis personas, siempre en parejas. Amarraban al hombre y lo degollaban. A la mujer la violaban y también le cortaban el cuello.

—¡Huy! Pero...

—Los cogieron porque intentaron asaltar a una enfermera del Hospital Psiquiátrico, que terminó su turno a las doce de la noche. Pero logró escapar y los denunció a la policía. Hicieron un retrato robot. Dicen que eran cinco en total.

—¿Y qué va a pasar? Los fusilarán supongo.

—Ya los fusilaron. Dicen que hablaron enseguida y se acusaron unos a otros. Hicieron el juicio ayer y los fusilaron esta mañana.

—Uhh, qué rápido.

—Frente al Juzgado hubo una manifestación todo el día. Los familiares y amigos de las víctimas. Mucha gente. Gritando y pidiendo paredón.

—¿Leíste todo eso en el periódico?

—En el periódico no ha salido nada. Me he enterado por la gente. Todo el mundo habla de lo mismo.

—Sí, aquí no hay crónica roja.

—¿Qué es eso?

—Noticias de asesinatos. Hechos de sangre. No hay.

—¿Y por qué? Si lo hubiéramos sabido no habríamos ido a ese parque aquella noche.

—Ah, pero no lo sabíamos. Ya ves.

—Nos salvamos por un pelo. Ay, Carlos, no quiero acordarme. Estamos vivos de milagro.

—Sí. Fue un milagro. Es mejor olvidarnos de todo eso. Tengo ganas de verte, Loren. ¿Cuándo nos vemos?

—Ven el sábado.

—¡No! ¡Yo no voy más! Ven tú a Matanzas.

—Te quedaste traumatizado.

—Sí. Y yo quería fajarme con el tipo. Menos mal que reaccioné...

—Que salimos corriendo.

—Ven, Loren, no lo pienses. Vamos a olvidar eso. Alquilo una habitación en el Oasis, en Varadero. Es un hotel muy bonito.

—Está bien, mi amor. Ni un parquecito más.

EL FIN DEL MUNDO

Carlitos dejó de asistir los domingos a la misa de nueve de la mañana. Se le acumulaban las dudas en las clases de catecismo. Él quería que todo fuera lógico, aceptable y sencillo. Es decir, razonable y que se pudiera comprobar como un teorema de geometría. Pero no era así. Todo estaba en el aire. Se abrieron brechas en su fe. El corte definitivo se produjo durante una procesión dentro de la enorme catedral de la ciudad. Delante llevaban a Jesucristo en la cruz y detrás los feligreses cantaban *Kyrie eleison*. En latín. *Señor, ten piedad*. El Concilio Vaticano II funcionaba en Roma, pero todavía la misa seguía en latín.

En algún momento de la procesión había que arrodillarse ante un cura muy elegante, sentado en un trono imponente. Como un rey. Vestido con una sotana beige con adornos verdes y dorados. Era un hombre corpulento, sonriente, satisfecho y rozagante. Extendía la mano derecha y todos besaban una enorme esmeralda engarzada en un tremendo anillo de oro macizo. Carlitos quedó sorprendido por aquel numerito pero no tuvo suficiente decisión y coraje para salirse de la fila y regresar a su asiento. No. Se arrodilló y él también besó la mano peluda y blanda de aquel viejo vanidoso y arrogante, que parecía un aristócrata medieval.

Regresó a su asiento humillado. Violento contra sí mismo. Soportó un minuto. Se levantó y se fue. Jamás volvió a pisar una iglesia. Se fue por otros rumbos, alejados de la santidad y la moral tradicional. De ese modo empezó a vivir en el libre albedrío. Al perder una brújula se inventó otra. O se quedó navegando al garete el resto de su vida. Se masturbaba varias veces al día, a veces mirando una foto de Brigitte Bardot, con la mitad de los pechos al aire, y su cara bellísima y sonriente. Su última película, *El desprecio,* le había parecido aburrida, pero daba igual. No le interesaban Jean-Luc Godard ni Michel Piccoli ni nada. Él solo quería ver y oír a su adorada Brigitte. Pero sobre todo se inspiraba mirando a Adelaida, la vecina, recién parida, por la que sentía un amor y una atracción sexual desesperada y agobiante. Además fumaba cigarrillos los domingos en la matiné del cine. Decía mentiras cada vez que, caprichosamente, quería salirse con la suya y ganar. Es decir, no reparaba en medios para obtener lo que deseaba. Quería tener una novia, pero no por amor precisamente, sino para que le hiciera las pajas y le dejara tocarle los pechos y besarse.

Como era tan analítico y racional, en ocasiones examinaba su estado moral y usaba el patrón de los siete pecados capitales. No conocía otro patrón moral. Avaricia. No soy avaricioso. Ehhh, bueno, sí, un poquito. Envidia. No le tengo envidia a nadie. Ira. No reacciono con ira. Pereza. No. Soy hiperactivo. Gula. Tampoco. Lujuria. Sí, siempre estoy loco como una cabra. Y soberbia. No. Nada de soberbia. O quizás sí, un poquito, no mucha. Por tanto estoy bien. Solo lujuria y un poquito de avaricia y soberbia. Tres pecados de siete posibles. ¡Buen average, Carlitos! Y quedaba satisfecho con esa cuenta matemática y tonta.

Lo más complicado era Mercedes. Se encontraban cada tarde, de seis a siete, en la casa de Gisela, una vecina que había montado una escuelita y les daba clases de mecanografía y taquigrafía Gregg. Mercedes era una mulata clara, de unos diecisiete o dieciocho años. Tenía unas tetas grandes y hermosas y muchísimo vello muy negro en las axilas. No se afeitaba y usaba unas blusas muy ajustadas y sin mangas. Es decir, que siempre se le veía aquella pelambre negra y dura, como alambres, explotando en los sobacos. Eso era grosero pero volvía loco a Carlitos porque se imaginaba cómo tendría el pubis. Además, era bonita y su cabello también era hermoso, abundante y muy rizado. Ella no lo miraba. Él era un niño de trece años, tímido, ya con buena estatura pero sin músculos, anodino y silencioso. No existía. Mercedes ni lo miraba. Es que no lo veía. En su imaginación, Carlitos se desbocaba con aquella mujer maravillosa, de carne y hueso, electrizante, que cada tarde pasaba una hora delante de él, sin mirarlo, escribiendo a máquina sin parar.

La profe Gisela era negra, joven, quizás de treinta y algo, muy hermosa, con un gran culo y una cara bonita. Seria y educada. Siempre muy pulcra, bien vestida y con olor a jabón perfumado y agua de colonia. Ponía orden y no provocaba ningún deseo en Carlitos, a pesar de su belleza y pulcritud. Era maestra en una escuela primaria y por las tardes ganaba un dinero extra con esta escuelita de mecanografía y taquigrafía. Muy autoritaria, hablaba con precisión y exactitud. Al inicio de la clase, Gisela les dijo:

–Hoy vamos a hacer un ejercicio de rapidez y después ustedes hacen la lección. Tienen que copiar tres cartas de negocios. Vamos con la rapidez. ¿Listos? La frase es: «El

131

bote está en el muelle». ¿Listos? El bote está en el muelle... ¡Ya!

Gisela tenía un cronómetro y marcaba un minuto. Los dos alumnos tecleaban furiosamente, al tacto, cada tecla estaba cubierta con un pedacito de esparadrapo. Tenían que mirar al papel en que escribían, nunca al teclado. Las dos máquinas sonaban rabiosamente hasta que concluía el minuto y Gisela decía: «¡Ya!». Y contaba las veces que pudieron repetir la frase, sin errores. La que tenía errores no valía.

–Mercedes, diecisiete. Carlitos, trece. Están mal los dos. Muy mal. Carlitos peor. El examen final no lo hago yo. Recuerden eso. Es en la Academia Minerva y no les van a regalar el título. Se lo recuerdo una vez más. Lo mínimo que aceptan para una oración corta es veinte repeticiones en un minuto. Practiquen velocidad y mejoren. O no hay título. Y, Carlitos, te veo mirando mucho a Mercedes. Se te van los ojos, jajajajajá. Concéntrate o los voy a poner de espaldas, frente a la pared. No me gusta que pierdan el tiempo y que sus padres crean que les estoy robando el dinero. ¿De acuerdo?

Carlitos se puso rojo. Mercedes ni sonrió. No quería confianzas con ella. Y no era inocente. Sabía la carga erótica de sus axilas, de su pelo negro, alborotado, y de su cara tan linda y casi angelical, su cuerpo duro y flexible. Sabía que era irresistible. Inquietaba a todos los hombres. Todos. Ni uno quedaba indiferente. Era como un imán. Estaba acostumbrada a que los hombres la miraran con deseo y que en la calle le dijeran piropos uno tras otro. Algunos muy groseros. Siempre era el centro de atracción y se sentía bien por ese detalle. Suerte que tengo, se decía a sí misma, satisfecha. Esos atributos le ayudaban a abrirse paso. Quería conseguir un buen trabajo de secretaria. Lo iba a lograr. Secretaria ejecutiva de alguien importante. A ver si sacaba a su familia del barrio de La Marina y se mudaban para un lugar decente, alejado de aquella zona de putas, bares, marineros, pobreza y gente escandalosa.

Así siguieron otros dos meses. Mejoraron lo suficiente. Gisela los llevó al examen en la Academia, que radicaba en el centro de la ciudad. La frase de rapidez Carlitos no la olvidó nunca: «Pablo tiene una cesta de mangos». Él logró veintiuna repeticiones. Mercedes veintidós. Unos días después, previo pago, le dieron el título de Mecanografía al Tacto, de Academia Minerva. Era un pliego enorme y muy decorado en los bordes con volutas, hojas, faunos y figuras clásicas. Parecía un diploma del siglo XIX. Medía sesenta por cuarenta y cinco centímetros, nunca lo pusieron en un marco y con el tiempo se perdió.

Unos días después del examen empezaron las clases de Taquigrafía Gregg. Ahora, además de Mercedes, había otra alumna, una muchacha muy delgada, con acné y espejuelos gruesos. Mayor que ellos, tenía más de veinte años. Carlitos ya no podía mirar tanto a Mercedes porque la taquigrafía lo obligaba a fijar su atención en el cuaderno.

Solo fue a las clases una semana. En la secundaria comenzaron las vacaciones de verano, de julio y agosto, y sus padres decidieron enviarlo a la vega de tabaco de su abuela materna, como cada año. Querían que cambiara de ambiente y que trabajara en el campo ayudando a su tío. Su padre le repetía:

–Tú eres un poco vago. Tienes que acostumbrarte a trabajar.

Él no respondía. Su padre siempre le decía cosas así. Ofensivas. Para descalificar. Como si le gustara resaltar sus defectos y atacarlo:

—Tienes que ponerte fuerte. Ya eres casi un hombre y no tienes músculo todavía.

Él no le hacía caso. No se consideraba vago, todo lo contrario. Leía mucho. Sacaba libros de la biblioteca pública y dedicaba horas a leer. Su padre consideraba que perdía el tiempo leyendo tantos libros. ¿Para qué?

En los meses de excesivo sol y calor, julio y agosto, hay poco que hacer en la vega. El tabaco necesita frío. Las semillas se plantan en los viveros en septiembre y las pequeñas posturas están listas a fines de octubre y en noviembre. Es un proceso largo y cuidadoso que se extiende durante diez meses. Ya en junio terminan y venden el tabaco. Entonces pagan las deudas, al banco y a la bodega. Tienen dinero tres o cuatro meses y vuelven a quedar en cero y endeudados de nuevo con el banco y con el bodeguero. Orando para que no aparezca una plaga de moho azul o de hongos o un ciclón con tres días de lluvia, lo que conduce a la pudrición de la cosecha. Así cada año. Abuela tiene unas tijeras para cortar las nubes, con oraciones, cada vez que comienza a formarse una posible tormenta.

En el verano solo hay un poco de maíz y frijoles, habichuelas, berenjenas, boniato, yuca, y poco más. Sobre todo para el consumo de la casa. Carlitos se aburría. Lo cierto es que no le gustan el campo ni los animales. Le parece monótono y repetitivo. No le gusta usar la letrina, con tan mal olor. No hay electricidad. Por la noche se alumbran con unos quinqués. Y se acuestan temprano. A las diez o antes. Cuando la abuela apaga el quinqué hay una oscuridad total. Carlitos se pone las manos delante de la cara y no las ve. Se levantan a las cinco. El tío va a ordeñar las vacas y la abuela para la cocina. Hay un fogón de carbón con tres hornillas. Cada día hay dos o tres cubos de leche y abuela hace queso. Es un queso sencillo y fresco, que venden rápido. Tienen clientes fijos que vienen a la casa. También venden leche fresca.

Después toda la mañana limpiando las malas hierbas en los sembrados. Almuerzo a las doce. En la tarde no hacen nada. Demasiado sol. A la una tío escucha los episodios de *Taguarí, Rey Blanco del Amazonas*, en el radio de batería. Y a las tres abuela oye *La novela de las tres*. Le atrae sobre todo la voz del narrador. Es tan grave y tan seria, le da importancia a lo que dice. Debe ser un hombre grande, fuerte, atractivo, maravilloso. Un hombre especial. Abuela oye la novela, sobre todo para escuchar al narrador. Y ya. Nada más. Hay que ahorrar la batería. Es lo más valioso que hay en la casa. El radio y la batería. Lo otro importante es una vitrina. Contiene una colección de vasos muy bonitos, impresos con flores o letreros que ponen «Felicidades Mamá». De todos los tamaños y colores. Más de cien vasos, regalados por los hijos en los días de la madre, el segundo domingo de mayo. No se usan. Son una especie de adorno o de tesoro intocable. Beben agua en unos vasitos sencillos, sin adornos. O en unos jarritos de aluminio. Abuela en un jarrito de peltre, que debe tener cien años. Es espiritista. En un rincón de su cuarto tiene una mesa con unos santos, doce vasos con agua, velas, y un librito de *Oraciones espíritas*, de Allan Kardec. No las puede leer porque no sabe leer. Cuando Nereyda, la madre de Carlitos, era niña, le leía las oraciones. Hace años de eso. La tercera cosa valiosa que hay en la casa es un reloj grande, colgado en la pared de la sala. Tiene un péndulo que suena fuerte y se oye con claridad. La campana suena a las horas en punto. Carlitos siempre cuenta las campanadas. Es un vicio. Lo otro muy importante es un jarrero. Es un mueble con una piedra de filtrar agua. Hay que ponerle agua del pozo en la parte de arriba y la piedra la filtra gota a gota y cae en una tinaja de barro colocada abajo. El agua se mantiene muy fresca y está libre de microbios. Tiene un sabor agradable, como a piedra.

Y ya, no hay nada más especialmente valioso. Eso es todo. La casa es de tablas de madera y techo de hojas de guano. El piso es de cemento pulido. La pintan con cal blanca cada año, cuando se acerca la Navidad. Aunque ya no celebran esa fiesta, la abuela arma el Nacimiento del Niño Jesús en una esquina de la sala y le pone unas velitas.

Siempre hay que colocar mosquiteros por la noche porque del techo caen alacranes, arañas, lagartijas y otros bichos que viven entre el guano. En la parte delantera la abuela tiene un jardín muy bonito. Siempre hay flores de todo tipo. Por la noche huele muy bien a jazmín, azucenas, galán de noche y picuala.

La familia tiene una historia larga, silenciosa, y no muy edificante. La abuela y el abuelo, de muy jóvenes, hicieron una hermosa boda y tuvieron ocho hijos. Pero el abuelo estaba marcado por la lujuria y tuvo muchas aventuras que amargaron y destruyeron la relación. La abuela siempre disgustada y con mala cara. Al fin el abuelo se fue de la casa «a vivir con una putica del pueblo», le dijo una prima en una ocasión a Carlitos. Todos los hijos dejaron de hablarle y lo repudiaron, menos Nereyda, la madre de Carlitos, que siguió queriéndolo. Se buscaban y se veían a escondidas. Eran cómplices y hablaban de todo. Después murió una de las hijas menores. Se suicidó con un veneno muy potente para matar ratas. Su cumpleaños era el 24 de diciembre. Esto añadió más tristeza. Dejaron de celebrar la Navidad.

Todos se casaron y se fueron a hacer sus vidas. Ahora en la vega solo quedaban la abuela y el tío, que era el menor de los hermanos. Tenía una mujer en el pueblo, muy cerca, a medio kilómetro. Nunca la traía a casa, y era todo un poco misterioso. El tío iba al pueblo todos los días, montado en su caballo. Casi siempre por la tarde. Dos o tres horas. Regresaba al oscurecer. Y silencio. No hablaba. Carlitos se fue enterando poco a poco de aquella zona de sombras familiares. Un pasado en tinieblas que siempre quedó a oscuras. Oculto. Nadie recordaba los detalles. Nadie quería recordar.

Tenían cuatro vacas. Una se pasó tres días corriendo y dando saltos como una loca. Era cómico. Aquel animal tan pesado brincando y correteando como si fuera un juguetón cachorro de mono. Tío le dijo una tarde:

—Esa vaca está ruina y ya hablé con el dueño del toro pa ir mañana por la mañana. Tienes que ir conmigo pa que me ayudes.

—¿Qué es eso de «ruina»?

—Necesita un macho. Pa que la preñe.

El tío, hombre de campo, hablaba poco. Lo indispensable. O menos. Carlitos un día le dijo:

—Tío, tú casi no hablas.

—Las mujeres son las que hablan demasiado y todo lo enredan.

—Ahh, no sabía eso.

—¿No has oído que en boca cerrada no entran moscas?

Al día siguiente, al amanecer, tío amarró una soga en los tarros de la vaca y le pidió a Carlitos que fuera con él. Caminaron media hora, rápido, por un camino polvoriento y reseco al que llamaban «El camino real», nadie sabía por qué ese nombre. Se internaba en la sabana, una zona arenosa, de tierra mala y pedregosa, pero con pastos y pinos. En algún momento, la vaca aceleró el paso. Y tío le gritó a Carlitos:

—¡Corre! ¡Apúrate! Abre la talanquera que está ahí, a la izquierda. Dale que este animal ya olió al toro. ¡Corre!

Carlitos corrió duro, se adelantó y vio un espectáculo inesperado. En medio de un corralón grande, con buen pasto verde, había un toro negro bellísimo. Parecía una escultura de fortaleza y triunfo. Inmóvil, tenso, parado exactamente en el centro del prado verde, y arriba todo el cielo azul y luminoso. Tenía la cabeza en alto y olfateaba el aire moviendo el hocico. Ya había percibido el olor de la vaca en celo y tenía una erección enorme. Aquel aparato parecía un brazo. Carlitos abrió la talanquera sin perder tiempo y volvió a mirar al toro. Con su manía por los números y la precisión, calculó rápido. Sí, podía tener cincuenta centímetros o un poco más.

La vaca apareció corriendo. Tío había zafado la soga. El animal entró a un paso frenético y fue directo al toro. Apenas se olfatearon un segundo. Rápidamente la vaca giró, bajó la cabeza, alzó las ancas y se puso en posición. El toro la montó. Al primer empujón logró penetrarla a fondo con aquel falo prodigioso. Se movió unas cuantas veces adelante y atrás. Resopló fuerte cuando eyaculó, y se desmontó. Todo se había resuelto en pocos segundos. Ahora, cansados, los dos animales se ignoraron. Se pusieron a comer hierba, tranquilamente. Cada uno por su lado. Aquí no ha pasado nada. El tío se acercó, amarró la soga en los tarros de la vaca y salieron de regreso. No hablaron. Carlitos estaba tan impresionado que no quería hablar. O no podía. Ya cuando llegaron a la casa, al fin se decidió y preguntó:

—Tío, ¿qué tiempo se demora la vaca para parir el ternero?

—Nueve meses.

—¿Igual que las mujeres?

—Sí.

—Ah.

Unos días después el tío despertó muy temprano a Carlitos. Era de noche todavía. Le pidió que lo ayudara a matar un puerco. Carlitos se levantó medio dormido, la abuela le dio un jarro de leche tibia con café. Se lo tomó rápido y salió al patio. El tío tenía al puerco amarrado con una soga muy corta debajo de la mata de mango. Y afilaba el cuchillo en la piedra. El cerdo gruñía alto y desesperado, chillaba con miedo. Presentía lo que venía. Daba tirones para zafarse. El tío advirtió:

—No te le acerques que muerde.

—Está asustado —dijo Carlitos.

Con mucha habilidad tío se acercó al cerdo por atrás. Le clavó el cuchillo en el pecho por la izquierda y le partió el corazón. El animal pegó un chillido, saltó, se desplomó y empezó a temblar mientras se desangraba. La abuela, sin perder tiempo, vino con una palangana para recoger la sangre. Después haría morcillas.

Ya el animal no se estremecía y la abuela le dio la palangana a Carlitos para que recogiera la sangre. Él hizo de tripas corazón y cumplió el encargo. Después siguió ayudando al tío. Con agua hirviendo y unos pedazos de tejas rasparon la piel del cerdo para limpiarla. El tío lo abrió, era un animal grande. Metió las manos y los brazos hasta el codo y extrajo las vísceras. Las pusieron en un cubo. Sacó el mondongo, lo tiró sobre un saco y le dijo a Carlitos:

—Lleva eso y tíralo en el arroyo, pa las tiñosas. Ten cuidao que no se rompa.

—¿Que no se rompa qué?

—Las tripas, hijo.

—Ah.

—Que después se riega la mierda en el patio.

—Está bien.

Ocuparon todo el día en la faena. La carne estaba tibia y de ella emanaba un olor extraño y repugnante. Había que picar todo y hacer porciones. Tío preparó una hoguera con leña, para primero freír el pellejo y la grasa para chicharrones, y después freír toda la carne y meterla dentro de unas latas con la manteca. Era el único modo de conservarla en buenas condiciones y sin frío.

Al principio Carlitos estaba asqueado y unas cuantas veces tuvo el impulso de irse de allí y decirle al tío que no podía más. Pero aguantó los deseos de vomitar y se obligó a seguir. Cuando terminaron ya era de noche. Quedaba muy poco por freír y a la luz de la hoguera apenas veían lo que hacían. El tío le dijo que fuera a bañarse que él terminaba solo.

La abuela le calentó un cubo de agua y se dio un buen baño. Tenía sangre y manteca impregnadas en las manos y los brazos, debajo de las uñas y en la ropa. Disfrutó el baño caliente y se sintió limpio. La abuela le sirvió la comida. Arroz, frijoles y un buen pedazo de carne recién frita. Carlitos comió el arroz con frijoles negros pero no pudo ni probar la carne. La abuela se le acercó:

—¿Por qué no te comiste la carne?

—Estoy repugnado.

—Ah, entonces no te la comas porque te puedes empachar.

Y esto se repitió cada día. Carlitos no pudo comer ni un pedacito de carne. La abuela no lo regañaba. Le freía un huevo o le daba un pedacito de carne de pollo. Pasaron años para que Carlitos pudiera probar de nuevo la carne de cerdo.

El tío y algunos primos empezaron a organizar una pesquería en Las Salinas. Carlitos nunca había ido. Las organizaban cada año, en el verano, fuera del tiempo del tabaco. Era como una fiesta. Se iban en una carreta con un tractor. Y llevaban una red enorme y pesada, de diez metros de largo por dos de ancho. También llevaban sacos de yute para traer los pescados y los cangrejos. Carlitos se entusiasmó porque el tío le dijo:

—Ya estás grande. Si quieres ir con nosotros, vamos. Pero son dos días. Nos quedamos una noche. Pa coger cangrejos.

—Está bien.

—Es duro. Hay mosquitos y jejenes. Y hay que meterse en los canales, con fango y como sea. Es pa hombres machos. No me puedes hacer quedar mal.

—Está bien.

Las Salinas era una zona amplia, en la costa sur. Fango siempre húmedo y mangle, que cubría la orilla con una vegetación enredada y tupida. Allí se refugiaban todos los animales, desde moluscos como ostiones y lapas hasta peces, tiburones, mantarrayas, caguamas, caimanes, manatíes, morenas y cangrejos. El mar ha formado canales no muy profundos entre el mangle. En uno de esos canales había que meterse para tender la red, esperar unas horas, y empezar a capturar todo lo que se enredara en aquel artefacto primitivo pero eficaz.

El día acordado vinieron los primos y dos tíos que vivían cerca. Eran ocho en total. Todos en sus caballos, que dejaron sueltos en la vega. De madrugada, a las cinco, ya estaban listos, en el patio, tomando café, fumando y hablando. En un saco llevaban boniatos y manteca de cerdo en una lata grande. También dos pailas para cocinar, unas cucharas y unos platos esmaltados, de peltre. Dos tanques

141

de agua dulce potable y un par de faroles de keroseno, además de sacos de yute para traer todo lo que pescaran, cuchillos, machetes y pedazos de sogas.

Engancharon la carreta al tractor y salieron. Les esperaba un trayecto de unos veinte kilómetros hasta el mar, por un camino infernal. Apenas transitable. Era el mes de julio. Todos los días llovía a cántaros y el camino era un desastre y empeoraba. A Carlitos le asombraba siempre la enorme cantidad de estrellas que se veían en el campo. En la ciudad se podía ver unas pocas.

Amaneció. Había una neblina densa y luminosa que difuminaba el paisaje de un modo mágico. Iban por un monte tropical cerrado que casi cubría el camino. Pocos transitaban por allí. Siguieron adelante hasta llegar a un punto donde el camino terminaba y solo había fango negro húmedo. Una ciénaga donde el tractor no podía entrar porque se hundiría sin remedio.

–¡Llegamos al fin del mundo! –dijo uno de los primos, que conducía el tractor.

La neblina se disipaba. Alrededor solo había lodo negro, un tremedal apestoso a turba. Más allá el mangle verde y tupido, y más lejos el azul brillante y limpio del mar. Quedaban ripios de bruma lechosa enredada en el frescor de los mangles. Carlitos miraba con asombro aquel paisaje inusitado. Del mar conocía las playas de arena y los arrecifes y costas limpias del litoral norte. Con una brisa fresca del noreste. No esperaba esta costa del sur tan baja y sucia. Y con un olor repelente a marismas y pudrición. Alguien dijo:

–Esta neblina a esta hora todavía, uhhhh... Tremendo sol y calor pa hoy.

Sí. Ya se sentía el calor húmedo y pegajoso. No había viento. Cargaron todos los bártulos. Se hundieron en el fango hasta las rodillas. A medio camino, entre el tractor y los mangles, encontraron una isleta seca y allí lo dejaron todo. A cincuenta metros estaba el canal. Lo más importante era tender la red cuanto antes. Y así lo hicieron. Se metieron en el agua y estiraron la red, unos diez metros. Sobraba red. El canalizo tenía apenas seis o siete metros de ancho. El agua muy fría porque el mangle lo cubría todo y no dejaba entrar la luz solar. El fondo era de un fango resbaladizo. El tío le ordenó a Carlitos amarrar la red en un lado del canal mientras ellos la desplegaban. Él controló el miedo y se metió en el agua turbulenta de fango. La ataron firmemente a unos mangles y regresaron al islote seco. Algunos sacaron botellas de ron o aguardiente y empezaron a beber. El tío intentó poner orden:

—¡Hey, muchachones! Es muy temprano. No empiecen desde ahora. Dejen eso pa por la tarde.

Nadie obedeció. Siguieron bebiendo. Fumando. Hablando. Muy divertidos. Aquello era una fiesta.

Uno de los primos se quedó en el agua. Nadó hasta el mar abierto y limpio y gritó, llamando a todos:

—¡Hey, vengan pacá!

No fue ninguno. No sabían nadar. Carlitos se tiró de nuevo al agua y nadó hasta donde estaba el primo, flotando boca arriba, que, riéndose, le dijo:

—Qué rápido nadas. Eres un campeón.

—Yo nado en la playa, cerca de mi casa. Casi todos los días. Y los domingos vamos a Varadero.

—Ahh, qué buena vida. Y seguro que tienen un carro.

—Sí, claro.

—Pues aquí no hay playa. Fango es lo que hay.

—Ya veo.

—De esta te haces un hombrecito, tú verás.

—Yo soy un hombre.

–Tú eres un culicagao, criado con mucha payasería y mucha finura.

Carlitos no quería discutir. Guardó silencio porque sintió desprecio. O envidia. Quién sabe.

Cada una hora se metían en el agua y palpando, al tacto, agarraban los peces atrapados en la red. Al mediodía tenían dos sacos casi llenos. Tío abrió un hueco en la tierra. Puso un poco de carbón, encendió fuego y colocó una paila llena de boniatos y agua. Y en otro hoyo pusieron a freír algunos pescados. Eran unas lubinas y pargos de buen tamaño. Tenían hambre. Los mosquitos y los jejenes no descansaban ni ahora, bajo el sol terrible del mediodía. Los platos de peltre no alcanzaron. Carlitos tuvo que coger un pescado frito y comerlo como mejor pudo. El primo envidioso le alcanzó un boniato muy caliente:

–Toma, niño rico, ten cuidao no te quemes.

Carlitos cogió el boniato y se quemó pero aguantó. El tío le alcanzó un pedazo de palo plano, parecía una tabla.

–Toma, Carlos, pon el boniato aquí.

Por la tarde, ya casi de noche, quitaron la red. Tenían tres sacos repletos de pescados grandes. Los medianos y chiquitos los devolvían al mar. Cuando se hizo de noche caminaron por los alrededores para coger cangrejos. En la oscuridad salían de sus cuevas en el fango y de pronto eran deslumbrados por la luz de los faroles. Se quedaban unos segundos paralizados, cegados, y en un instante terminaban dentro de un saco. Los primos de Carlitos eran hábiles y rápidos. En un par de horas llenaron cuatro sacos. Y, tío, que era el jefe de la expedición, decidió:

–Bueno, ya está bien. Recogemos y nos vamos. Estos mosquitos nos van a matar si seguimos aquí.

Ya habían tragado unas cuantas botellas de ron, y estaban borrachos. Se reían, se divertían, hablaban a gritos,

144

bromeaban sin parar. Insistieron con Carlitos para que bebiera.

—Date un trago.

—No, gracias. Yo no tomo.

—Algún día tienes que empezar. Coge un buche, como los hombres.

—No, no.

El tío tuvo que salir en su defensa:

—Ya. Dejen tranquilo al muchacho. Es un niño todavía.

Uno de los primos, el más borracho:

—A este tenemos que buscarle una puta pa que se haga hombre. No es ningún niño. Ya tiene pendejos en el culo. Carlitos, mañana o pasao te voy a llevar a casa de Guillermina. O de Olga. Cualquiera de las dos. Tú verás como te va a gustar. Busca cinco pesos pa que le pagues.

—Bien, ya, Cristóbal. No te pongas impertinente. Vamos a recoger que nos vamos —dijo el tío, y todos obedecieron.

Carlitos pensó: «Qué primos más pesaos. Son unos guajiros chinchús y entrometíos». El camino de regreso le pareció más corto. Se sentó en el fondo de la carreta, encima del enorme masacote formado por la red apestosa a fango y pudrición de mar. Se puso a mirar las estrellas. Era apabullante aquel cielo tan negro con tantos millones de estrellas. Tenía que cerrar los ojos fuertemente porque le invadía una sensación extraña de miedo. ¿Qué somos? ¿Quiénes somos en realidad? ¿Por qué estamos aquí? Quizás somos infinitos, como los números, que no tienen principio ni fin.

Esas preguntas sin respuesta le acompañaron toda su vida. Desde esa noche en aquella carreta. Todo es un misterio inexplicable. Nosotros mismos somos inexplicables. Si insistimos con estas dudas podemos volvernos locos. O buscar refugio en una religión. O dar la espalda a todo. Ser brutos como los primos y olvidar esas preguntas. Estaba muerto de cansancio. Se quedó dormido.

La carreta saltaba tanto que lo despertaba continuamente. Llegaron a la casa a las dos de la madrugada. La abuela encendió dos faroles y los sacó al patio para que pudieran repartirse los pescados y los cangrejos. Les hizo café. Ahora no hablaban, muy cansados por la jornada extenuante, más el alcohol. Cada uno cogió su parte, apenas se despidieron y se fueron en sus caballos. Todos vivían cerca, es decir a unos cuantos kilómetros.

Carlitos llenó un cubo con agua y fue directamente al baño. Tenía fango y turba maloliente hasta en las orejas. Se bañó a fondo. Se puso ropa limpia y no quiso café. Cayó como una piedra en su cama.

Por la mañana siguió durmiendo y lo despertó el olor a pescado frito. Eran las doce. Y abuela lo llamó a almorzar. Había harina de maíz, pescado frito y boniatos. Almorzó pero seguía muy cansado. Se acostó a dormir una siesta. Lo despertó el reloj de pared de la sala, que dio cuatro campanadas. Había mucho silencio. Se levantó a echar una ojeada. Abuela sentada en su sillón, en la terraza frente al jardín. Dormitando, como siempre a esa hora de tanto calor, después de oír *La novela de las tres*. Y él con la erección normal cada vez que se despertaba. Se acostó de nuevo, cerró los ojos y empezó a pensar en su vecina, Adelaida, el amor de su vida. Y en Mercedes, que era la obsesión sexual más persistente del mundo. Empezó a hacerse una paja.

La abuela, muy silenciosa siempre con sus chancletas de fieltro, se asomó a la puerta y lo sorprendió:

—¡Miren qué cochino! ¡Eso no se hace! Y yo que te hacía dormido.

Carlitos guardó con rapidez y se quedó sin habla. ¿Qué iba a decir? Nada.

—Vamos, levántate pa que me ayudes a limpiar los cangrejos. Y que no te vea más haciendo eso. Eso es de gente sucia. Dios te va a castigar. Y te salen granos en la cara.

Apenado, sin saber qué hacer, Carlitos salió al patio. Habían dejado unos cincuenta cangrejos en un saco. Los otros se los llevaron los primos. La abuela trajo una paila grande para hervir agua. Hicieron una fogata con leña. Sin hablar media palabra, esperaron a que hirviera y echaron los cangrejos vivos. Después estuvieron un par de horas limpiando cada uno, minuciosamente, con un cepillo y agua caliente. Tenían fango y había que limpiarlos bien. La abuela los cocinó en la misma paila grande, con ajos, tomates, sal, pimienta y un cucharón de manteca de cerdo. Cangrejo enchilado. Quedaron muy ricos y estuvieron varios días comiendo pescado frito y cangrejos, con boniatos, harina de maíz y frijoles. No había otra cosa. Carlitos ya deseaba regresar a su casa. Y no quería estudiar taquigrafía Gregg. A ver cómo convencía a sus padres.

TODO ÁNGEL ES TERRIBLE

«Bueno, a cualquiera le pasa esto», se dijo Carlitos, hablando consigo mismo. Enjabonó bien las piernas y los muslos y se afeitó. No quería que sus padres lo vieran afeitándose. Tenía ladillas. No quería que nadie lo supiera. Se escondió al fondo del patio. Sus padres dormían una siesta y él estuvo un buen rato leyendo a Rilke. En su mente repetía con insistencia unos versos: «Todo ángel es terrible. / Y sin embargo, yo los invoco, / mortíferos pájaros del alma».

El padre de Carlitos fue a la cocina a tomar un vaso de agua, miró hacia el patio, y lo vio, allá, al fondo, afeitándose las piernas. Se acercó para ver mejor. Y se indignó. Sin preguntar ni hablar. Solo dijo:

–¡Vaya, carajo, lo que faltaba en esta casa!

Era su expresión típica de enfado. Se sentía rebasado por cualquier tontería y soltaba esa frase, mascullando en voz baja. No gritaba, ni discutía, ni pedía explicaciones. No. Soltaba su frase rabiosa, daba la espalda, y se iba de la casa, a caminar.

Carlitos lo miró asombrado, pero tampoco habló. Solo pensó: «Ahora creerá que soy maricón. ¿Por qué será así?». Sus padres estaban en los extremos. Con Nereyda tenía buena comunicación. Solo que era muy controladora y quería obligarlo a vivir como ella creía. Por tanto, Carlitos escondía buena parte de su vida y así evitaba las reprimendas absurdas y el entrometimiento. Pero con su padre la comunicación era cero. Su padre convertía todo en un drama, una tragedia. Nereyda, mucho más flexible, hablaba más, pero al final siempre daba consejos sobre moral, honradez y ética. Aburría. Carlitos quería probar todo. Saber todo. Disfrutar intensamente sin seleccionar ni calcular consecuencias. Su vida era una mezcla de epicúreos y estoicos. Y un poquito de cínicos.

Cuando terminó con las piernas y muslos, llegó lo más difícil: el pubis. Carlitos, con veintiún años, tenía un vello negro, ensortijado y copioso que le llegaba hasta el ombligo. Se enjabonó varias veces y logró rasurar bien. Tenía ladillas hacía más de un mes. Se las había pegado Indira. Una muchacha flaca, tetona, alegre, alocada, siempre sonriente, que trabajaba en las oficinas de personal, en el puerto.

Carlitos hacía un año que dirigía, junto a dos ingenieros, la instalación de unas enormes grúas pórtico en el puerto. Era técnico en construcción civil. Indira se le metió por los ojos. Era bonita y alegre. Insistió. Y al fin salieron unas cuantas noches y tuvieron sexo. Sin preámbulos. Directo al grano. Le gustaba colocarse ella encima y se movía con desespero. Era increíble. Solo quería sexo y libertad. No quería nada más. Gozar más y mejor. Un camionero, amigo de Carlitos, los vio hablando en el comedor, durante el almuerzo. Después le dijo:

–Oye, Carlos, ¿te estás echando a Indira?

–Ehhhh...

–Ten cuidado porque ella es tremenda arrebatá. Es

150

loca a la pinga y se tiempla a todos los camioneros. Usa condón.

Carlitos no respondió. El consejo llegaba tarde. Ya habían salido unas cuantas noches. Unos días después empezó la picazón en el pubis. Indira se alejó y no habló más con él. Quizás pensó que él le había pegado las ladillas. Él no tenía relaciones sexuales con nadie más. Tenía que ser Indira. Se alejaron y no se hablaron más. Como si no se conocieran.

Terminó. Se enjuagó y se secó. Miró sus piernas bien afeitadas y pensó: «Uhhhh, por lo menos un mes con pantalones, nada de shorts». Ningún hombre se afeitaba las piernas. Solo los ciclistas de carrera. Fue a la cocina y miró el calendario. Hoy cinco de abril. Por lo menos hasta el cinco de mayo con pantalones. Se puso un pantalón deportivo, ya muy viejo y desteñido y una camiseta sin mangas. En su mente repetía: «Todo ángel es terrible. / Todo ángel es terrible».

Llegó a la casa de botes, en la ribera izquierda del río San Juan. Calentó y estiró un poco, agarró su kayak, lo llevó al agua y salió remando río arriba. Es una sensación perfecta. Vas tú solo, metido en el agua, remando con fuerza, concentrado, y no existe nada más. Solo tú y tu fuerza y el agua. En julio eran las competencias nacionales de primera categoría. El instructor habló con él para que pidiera una licencia en el trabajo y dedicara tiempo completo al entrenamiento. Cuatro horas por la mañana y dos o tres por la tarde. Con una licencia deportiva seguía cobrando el salario. El instructor le explicaba sobre el cronograma con gimnástica, jogging de diez kilómetros, pesas, natación. Era intenso. Él lo dejó hablar. No le interesaba

151

competir. Demasiado esfuerzo. Tener que concentrarse tanto, renunciar a todo y gastar su energía para al final ganar una medalla. Eso no tenía sentido. Él disfrutaba aquello pero no le interesaba ganar una medalla. ¿Para qué? Para que sepan que soy el mejor. Por un segundo soy mejor que el otro. O el segundo o el tercero. O no ganar nada y entonces me quedo frustrado. No tiene sentido.

A Carlitos solo le gustaba remar, estar fuerte, disfrutar aquellos momentos de soledad en medio del río, remando duro a contracorriente y sentir sus músculos y su cuerpo sólido. Concentrarse bien. A veces cerca de él pasaba algún tiburón. También iba río arriba. Hasta el matadero. Unos cuantos tiburones cada día. Comían los intestinos de las vacas, los cascos y otros restos que lanzaban a la orilla del río. Los tiburones tragaban todo aquello. Lo despachaban con unas cuantas mordidas. Y de nuevo bajaban, plácidamente, hasta el mar. Se guiaban solo por el olor. Podían oler aquella sangraza a kilómetros de distancia. Iban directamente, muy enfocados. Se llenaban la panza y de nuevo bajaban al mar. Satisfechos y felices. Sin detenerse jamás. Si descansaban se morían. Carlitos los miraba tan decididos y se decía a sí mismo: no se complican la vida. Van directo a comer esa carroña y son felices. Como yo. Soy feliz remando. No quiero competencias ni premios. No lo necesito. Mortíferos pájaros del alma.

MUJERES MADURAS Y TRANQUILAS

Se puso el jean sucio de siempre, sin calzoncillos. Era muy cómodo. A las cuatro de la tarde tenía consulta con el psicólogo. Dentro de una hora. Salió caminando despacio hacia la iglesia de los carmelitas. Se vería con un sacerdote-psicólogo. O al revés. Un psicólogo-sacerdote. Habían acordado una consulta de una hora cada sábado a las cuatro. Hoy era la primera. A Carlitos le gustaba el ambiente del patio de la iglesia. Entró por la sacristía, directo al patio, más bien pequeño. Muros viejos, de piedra y ladrillo. Vegetación copiosa y en el centro una fuente. Agua siempre cayendo y unas carpas japonesas rojas y doradas. Un lugar fresco, silencioso. Solo el ruido constante del agua. Paz y tranquilidad. Como entrar en otro mundo. Serenidad y equilibrio. Se sintió aislado y protegido del caos exterior.

Caminó hasta la fuente a mirar las carpas. Rómulo se asomó a una puerta y lo llamó a su despacho. Se saludaron. Rómulo, sonriente, le dijo:

—Vamos a trabajar. ¿Te sientes bien?

—Sí.

—Entonces, recuéstate en el diván.

Carlitos se acostó.

—Cierra los ojos y relájate. Tranquilo. Respira suave.

Un minuto de silencio. Empezó a sonar un metróno-mo. Tac-Tac-Tac-Tac-Tac-Tac. Y Rómulo de nuevo, muy despacio y lentamente:

—Ahora empieza a bajar. A caminar dentro de ti, pero hacia abajo.

—¿Caminar dentro de mí?

—Sí.

—Ehhh... no puedo.

—Sí puedes, Carlos. Todos podemos. No hay prisa. Cierra los ojos. Relájate. Tómate tu tiempo... despacio. Lentamente... Escucha el metrónomo y respira suave.

Carlitos escuchó el metrónomo. Lento y exacto. Tac-Tac-Tac-Tac-Tac-Tac. Obedeció. Cerró los ojos. Se relajó. Todo aquello era muy extraño. La primera intención fue levantarse y salir de la habitación. Irse. Alejarse. No. Se controló. A duras penas pero se controló. Concentrado en el metrónomo era más fácil.

Rómulo le dijo, suavemente:

—Relaja los músculos de la cara. El cuello... todo el cuerpo. Respira suave. Escucha el metrónomo y respira despacio...

Y poco después:

—Ahora camina muy despacio hacia abajo. Dentro de ti. Solo estás caminando... Sin rumbo... Solo paseas dentro de ti. Estás paseando tranquilamente. ¿Qué ves?

—Una cueva oscura y enorme. Pero no tengo de dónde agarrarme. Sigo bajando. Muy oscura. Veo algo pero poco. Solo hay rocas y oscuridad. Sigo bajando.

—¿Hay algo más? ¿Además de piedras?

—Hay unos bichos negros con unos ojos grandísimos que me miran. Como pájaros negros. Grandes. No se mueven. Están en algunos rincones.

154

–¿Son muchos?

–Unos cuantos. No se mueven, pero me miran.

–Sigue bajando.

–Es que las rocas son negras. Hay oscuridad y casi no veo nada.

Unos segundos de silencio y:

–Ahí está mi madre.

–¿Cómo se llama?

–Nereyda.

–¿Qué te dice?

–Nada. Me mira. En silencio. No habla.

–¿Qué hace?

–Nada. Está en todas partes. Como si fueran muchas personas. Hay oscuridad pero la veo bien. Es una sola pero son muchas.

–¿Cómo está vestida?

–Normal... Tiene un vestido, creo, pero... más lejos está desnuda...

–Intenta ver con más detalles. Acércate.

–¡No, no! Me falta el aire. Voy parriba. Tengo que salir de aquí. Uff, todo es oscuridad. Me ahogo. ¡No hay aire aquí abajo!

Carlitos hizo un esfuerzo para salir de la cueva. Algo le ataba y no le permitía moverse. Abrió los ojos.

–¡Huy qué susto! ¡No podía salir!

Rómulo, sentado en una silla, miraba por una ventana hacia el patio. Carlitos, aterrado, se incorporó y se sentó. El corazón le latía rápido. Respiró profundamente. De muy niño había tenido ataques de asma. Casi veinte años atrás. Ahora los recordó. Respiró bien a fondo. Era deportista. Natación, kayaks, pesca submarina. Ya. Empezó a respirar normal. Se levantó y dio unos pocos pasos. La habitación no era muy grande. El despacho de

155

Rómulo. Libros por todas partes. Carlitos pensaba que los sacerdotes solo leían la Biblia. Pero no. Rómulo aparentaba unos cuarenta y tantos años y al parecer leía de todo. Siguió mirando por la ventana, muy tranquilo, y preguntó:

—¿Cómo te sientes?

—Bien... mal... no sé.

—¿Por qué?

—Me da miedo.

—Claro. Es normal. Si quieres recuéstate y relájate. Tenemos tiempo. Puedes descansar un poco.

Carlitos se acostó de nuevo en el diván. Cerró los ojos. Se relajó. Un minuto después Rómulo le preguntó:

—¿Bajamos de nuevo?

—Bajo. Yo solo... No. No hay nada. Ya no quiero más.

Abrió los ojos y se quedó mirando al techo.

—Dime rápido, no pienses. ¿Qué sientes?

—Miedo.

—¿A qué?

—A todo. Miedo. No sé.

—Cierra los ojos y relájate. No tienes que buscar nada ni caminar. Solo descansa.

Carlitos se sentó en el diván. Rómulo detuvo el metrónomo.

—¿Puedo salir al patio y sentarme un rato?

—Sí, claro. Por hoy terminamos. Piensa en todo lo que has visto.

—¿Y qué hago?

—Nada. No tienes que hacer nada. No hay tareas para la casa.

Los dos sonrieron.

—Nos vemos el sábado próximo.

—Gracias, doctor.

—Yo no soy doctor —le dijo Rómulo, con una sonrisa amable.

—Cura, padre... no sé...

—Rómulo.

—Bien, gracias.

Carlitos salió al patio y se sentó en un banco de piedra. El rumor del agua que caía de la fuente al estanque. Y todo cubierto de plantas verdes. Cerró los ojos. Descansó unos minutos. La picuala estaba florecida y su olor impregnaba el aire. Era un hombre de acción. Se movía. Los deportes, la bicicleta, los estudios, el trabajo, los amigos, las novias, la lectura, la colección de filatelia. Tenía millones de cosas que hacer. Millones de cosas que aprender. No paraba. No quería perder ni un minuto de su vida. En aquel momento la sociedad, el país, el mundo, todo cambiaba a una velocidad de vértigo. Eran cambios incesantes, brutales y de raíz. Él también vivía cada minuto en esa dinámica del caos. Estas sesiones le parecieron inútiles. Y una pérdida de tiempo. Pensó: «No sé si vendré a la segunda». Al lado del banco de piedra había una maceta grande con hierbabuena. Cogió unas hojas, las aplastó y olió. El aroma intenso le llegó al pecho. Se levantó y salió a la calle. Pensó igual que antes: «Creo que no vengo más. No me dijo nada. No abrió la boca. Bueno, sí. Me fue preguntando. Ya veré. El sábado próximo».

Se dirigió a casa de Zeyda. Habían quedado en verse a las cinco más o menos. Caminó unas pocas cuadras. Tocó a la puerta. No había nadie. Era una casita pequeña y muy sencilla. Al frente tenía un portal con macetas y plantas. Helechos, crotos y malangas. Se sentó en el piso. Encendió un cigarro. Zeyda no demora mucho, pensó. Quedamos a las cinco. Calculó que serían las cuatro y media. Tenía un reloj ruso marca Poljot, de cuerda. No lo usaba. Usar joyas, cadenas, relojes, anillos, eran rezagos burgueses. Cerró los ojos y se sonrió recordando la consulta. Es inútil. No voy más. Se sentía cansado y se quedó dormido. Unos minutos. Despertó. Miró a su izquierda. El Teatro Sauto. Al frente la logia de una asociación fraternal, a la que perteneció cuando era adolescente. Entre los trece y los dieciséis años. Después se fue al servicio militar y la logia cayó en el olvido. Recordó los rituales de iniciación. Te tapaban los ojos con un paño negro y te ponían una calavera humana en las manos, te hacían acostarte dentro de un ataúd, oías ruidos extraños. Y más. Tenías que ser valiente y enfrentar todo aquello. Para un niño de trece años era fuerte. Y no lo esperabas. Era un ritual supersecreto. Algunos se echaban a llorar, aterrados. Y los rechazaban. No admitían a gente cobarde. Carlitos nunca tuvo miedo.

Recordó todo aquello. Y sin embargo, ahora sí se asustó mucho con esa caminata por la caverna de rocas negras y los bichos extraños. Lo bueno de la logia, lo que quedó, fue que aprendió a hablar en público. Bueno, al menos, a decir unas palabras de bienvenida a los visitantes, sin ponerse nervioso. En cada sesión, los jueves por la noche, le asignaban el cargo de pastor. Le ponían un mandil muy bonito, con el escudo de la logia juvenil, en dorado y negro. Y, cuando el maestro se lo pedía, él se ponía de pie e improvisaba unas pocas palabras para dar las gracias a los visitantes de otras logias. Y mencionaba sus nombres y procedencia. Carlitos ahora tenía veintidós años. Todo esto había pasado hacía poco. Seis años. Y sin embargo parecía muchísimo más. Su vida era como un cohete disparado a una velocidad supersónica hacia la Luna. Por cierto, el primer astronauta que caminó en la Luna, en la misión Apolo, había regresado hacía pocos días. Algo increíble. Mach 2. Mach 3. Mach 10. Zeyda estaba delante de él. Sonriendo:

—Ni me viste llegar. ¿En qué estás pensando?

—Ahh... ehhh... no, en nada, en nada. Divagando.

Ella abrió la puerta y entraron. Había mucho calor. Eran apenas dos habitaciones pequeñas, y un baño mínimo. Sofocante. Zeyda abrió una ventana y la puerta al fondo, que daba al patiecito, y encendió un ventilador. Era un lugar un poco oprimente. O cerrado. Claustrofóbico. El techo muy bajo. Demasiado cerrado, caliente y oscuro para el gusto de Carlitos, acostumbrado al mar, a los espacios abiertos, iluminados y frescos.

Zeyda es una mulata delgada, alta, sonriente, apacible, educada. Tiene unos cuarenta años. Se mantiene muy bien. Trae unas cervezas y dos pechugas de pollo.

—Viniste muy temprano, Carlos. Iba a poner las cervezas en el frío y a cocinar un arroz con pollo.

—Hoy no trabajo. Es sábado. Por eso te dije que sobre las cinco.

—Me dijiste que venías por la noche...

—No, no te dije eso. Que sobre las cinco de la tarde.

—Ah, bueno, me equivoqué.

—Da igual, Zeyda. No tenemos nada que hacer.

Ella puso las cervezas en el congelador. Y se besaron. Sin hablar. Carlitos, impulsivo, como siempre. Apenas le dejó quitarse la ropa.

—Papi, déjame ir al baño. Estoy sudada.

—¡No! Tú sabes que me gusta ese olor tuyo... No te laves.

Era un vicio. Le excitaba el olor de ella, los pelos, los pezones duros. Y además el silencio. Zeyda hablaba poco. Se entregaba. Y suspiraba. Era demasiado discreta. Misteriosa. A Carlitos le gustaban las mujeres maduras. Desde siempre. Esas mujeres querían sexo, conversar, pasarla bien. Nunca hablaban de hijos y matrimonio. Además, lo dejaban libre. No querían pasear y exhibirse con un muchacho que bien podría ser su hijo. Carlitos también era discreto. A Nereyda le disgustaban todas sus novias. Siempre les otorgaba un desaprobado. Ni una se salvaba. Todas eran poca cosa para su hijo maravilloso. O eran negras o incultas, o muy pobres, o adineradas y engreídas, o echaban brujería, o vagas y sucias, o muy vulgares y comunistas. Y le decía a Carlitos: «No sé de dónde sacaste a esa mujer. No me gusta para ti, está muy...», y ahí colocaba el calificativo que había asignado. Puta, pobre, negra, inculta, brujera, fea, vieja, flaca, gorda, chusma, de barrio bajo, etcétera. El catálogo era extenso.

La solución de Carlitos era vivir por ahí su vida. Con las mujeres maduras todo era más fácil. Un poco furtivo tal vez. Disfrutar buenos momentos y nada de proyectos ni responsabilidad. Con Zeyda fue diferente. Carlitos estaba con unos amigos en la playa. Zeyda sola, a la sombra. Él se acercó, hablaron un rato. Carlitos era un seductor. Muy intuitivo, disponía de todo tipo de temas para conversar con cualquiera. Y lo más importante: sabía escuchar. Todo le interesaba. Enseguida se pusieron de acuerdo para verse esa noche. Fueron al cine. Vieron una película francesa. Se agarraron las manos y se besaron. Ella lo tocó. Carlitos con una erección de burro. Siguieron besándose. Salieron del cine a mitad de la película.

–Yo vivo aquí cerca. ¿Vamos?

–Sí, claro. Mira cómo me tienes. ¿Vives sola?

–Sí.

Caminaron unas pocas cuadras y llegaron. La casita calurosa. Ella puso el ventilador y dejó las ventanas cerradas. Carlitos le quitó el vestido y se recreó con ella. Sobre la cama. Le lamió los dedos de los pies y fue subiendo lentamente hasta el pelo. Todo. Lamió todo su cuerpo. Chupando cada pedacito. Zeyda suspiraba.

–Eres una belleza. Cómo me gustas.

–Ah, no te burles. Estoy muy flaca.

–No me gustan las gordas. Estás perfecta.

Carlitos le hizo abrir las piernas. Intentó penetrarla.

–¡No, no! Suave. No. Me duele. ¡Espera, espera!

–¿Cómo que te duele? Abre las piernas, mami.

–Papi, es que soy señorita.

–¡Ah, no jodas! Tú tienes cuarenta y pico de años.

–Sí, pero... nunca he tenido sexo.

–¡Imposible! ¿Una virgen en este país? ¿Tú eres extraterrestre o qué?

–Ja ja ja ja. Qué cómico.

–Cómico no. Dime algo lógico porque no te creo.

–No sé qué te puedo decir. ¿Qué tú quieres que te diga? Me dedico mucho al trabajo y nunca... no sé.

–¿No sé qué? Sigue.

–Me dan miedo los hombres y...

–¿Y yo no te doy miedo?

–No. Tú eres maravilloso. Nunca me habían tratado así.

–¿Así cómo? Yo no he hecho nada.

–Sí, vas despacio. Eres muy educado. Todos los hombres siempre quieren ir a eso rápido. Y... no hablan, muy brutos. No puedo. Nunca he podido. Son muy groseros. Y me cortan.

Carlitos perdió la erección. Ella lo hizo pensar. Se levantaron de la cama. Abrieron una ventana. Los dos se habían enfriado. Aquella noche no pasó nada. Se acostaron y durmieron. Al día siguiente por la mañana, Carlitos de nuevo con una erección brutal. Se besaron medio dormidos. Un beso largo y profundo. Y entonces sucedió. Muy despacio. Con cariño. Carlitos fue acomodando a Zeyda. Ella aguantaba el dolor pero seguía adelante. La sangre manchó las sábanas y el colchón. Carlitos, en un arrebato de deseo y amor, acarició el pubis de Zeyda y, con las manos ensangrentadas:

—Soy un vampiro, Zeyda. Soy tu vampiro.

Y quedaron extenuados. Después se ducharon, hicieron café, Carlitos masajeó los hombros y la espalda de Zeyda. Los dos sintieron que comenzaba algo hermoso y diferente.

Hacía un mes de todo eso. Ahora Zeyda llegó con seis cervezas. Las puso en el congelador y fueron a la cama. Perdieron la noción del tiempo. Ella suspiraba y tenía un orgasmo atrás del otro. Cuando al fin terminaron, abrieron unas cervezas y se ducharon.

Salieron a caminar al fresco, cerca del mar, por la trasera del teatro Sauto. En el aire había un olor intenso a salitre. Era el barrio de Carlitos. Siempre vivió allí, frente al mar y entre la desembocadura de los dos ríos.

—Zeyda, ¿en qué trabajas? Nunca me has dicho.

—No me gusta hablar de mi trabajo.

—¿Por qué?

—Por nada. No me gusta. ¿Y tú? ¿Vas a seguir en la construcción?

—No. Tengo buenas noticias. Creo que me queda poco con esa gente.

—¿Qué vas a hacer?

—Me llamaron de la emisora de radio. Me ofrecieron una plaza de redactor de mesa.

—¿Qué es eso?

—En la redacción del noticiero.

—Tú tienes la voz muy bonita. ¿Vas a ser locutor?

—No. Redactor. Es otra cosa.

—Ahh... ¿Y no te gusta recitar poemas? Poemas de amor.

—Es en el noticiero. Escribiendo los boletines de noticias. Y no me gustan los poemas de amor. Eso es ridículo.

—Ahh. ¿Tú sabes escribir a máquina?

—Sí. Tengo un título enorme de la Academia Minerva.

—Mira qué bien. De la construcción a locutor.

—Periodista.

—Periodista y locutor. Con esa voz tan linda... cuando estamos en la cama y me hablas bajito... me dan ganas de llorar... Nunca me había enamorado, Carlitos. No te imaginas cómo te quiero. El amor es dolor.

—Ah, no seas patética. El amor es una cosa y el dolor es otra.

—Tú eres muy joven.

Silencio. Carlitos respiró profundo. El olor del mar y el aire con salitre. No comentó nada del psicólogo. Ni de las cuevas oscuras con monstruos negros que le daban miedo, escondidos, dispuestos a saltarle encima y morder como fieras en cuanto él se descuidara.

ALGO SÓRDIDO

Ya era una rutina. O un ritual. Cada sábado por la noche. Carlitos y Gilda en el club Los Pinos. Era un lugar pequeño, a unos metros de la playa. Tenía una pista de baile y alrededor unas veinte o treinta mesas. Oscuro, en penumbras. Si llegaban sobre las nueve de la noche siempre quedaban mesas libres. Carlitos pedía una botella de ron añejo Matusalén. Con hielo abundante. Solo eso. Hielo y ron. Gilda traía una cajetilla de cigarros. Ella no fumaba. Eran para Carlitos. También traía condones pero se les olvidaba y no los usaban. Eran engorrosos y muy gruesos. La verdad es que restaban mucho al placer del contacto piel contra piel.

Bebían ron, Carlitos fumaba y conversaban de todo lo que había pasado en los últimos días. Solo se encontraban los sábados por la noche. El resto de la semana ni se acordaban uno del otro. El viernes Carlitos llamaba a Gilda a la escuela primaria donde era maestra. Solo para ratificar. A eso de las ocho de la noche del sábado la esperaba frente a su casa, a unos cincuenta metros, en la acera del frente. No fallaban. Ella nunca lo invitó a acercarse más o a entrar para que conociera a sus padres. Después

165

caminaban diez o doce cuadras hablando, relajados, hasta el club.

Sentados a la mesa escuchaban música grabada y a las diez una cantante, con *background*, interpretaba boleros. Los de siempre: «Besándome en la boca me dijiste, solo la muerte podrá alejarnos. En un beso la vida y en tus labios la muerte».

Ellos bailaban, despacio, muy apretados, acariciándose en la oscuridad, escuchando los boleros que se sabían de memoria: Suerte que mi corazón en amores no me engaña. Y él me dice déjala, déjala que se te vaya. Alla tú. Alla tú. Allá tú. Vas en busca de un fracaso y esa es mi corazonada. Alla tú. Alla tú. Alla tú. Eran las canciones de Ñico Membiela, Vicentico Valdés y unos cuantos más. Las que desde que nació escuchaba en la victrola Wurlitzer. En el bar de su padre. Todo el día. Los cincuenta. Años dorados del bolero. La gente bebía cerveza, echaba monedas en la victrola y escuchaba boleros. Para recordar, para llorar, para ponerse tristes, para enamorar, para olvidar, para vivir su novelón particular, para deprimirse, para quejarse, para convencerse del fracaso de sus vidas. Tragedias personales y boleros. Aquellas canciones estaban marcadas en los genes de Carlitos, tanto que durante años quiso ser cantante de boleros. Estudió solfeo y guitarra, solfeo y acordeón piano, solfeo y clarinete. No había nada que hacer. Se sabía de memoria todos los boleros del mundo, pero desafinaba y se iba de ritmo. Ahora apenas bailaban, lentamente. El baile era un pretexto para estar pegados y besarse en la oscuridad mientras tragaban ron poco a poco.

La vida de Carlitos era aburridísima en ese momento. Tenía veintidós años. Había terminado el servicio militar obligatorio, de cuatro años y medio, y trabajaba en la construcción. Instalaban unas grandes grúas en los muelles del puerto. Tenía que trabajar de siete de la mañana a cinco de la tarde, incluidos los sábados, por 118 pesos. Era muy poco. Se lo gastaba en una semana y tenía que pedir algo a sus padres. Quería estudiar Arquitectura. Siempre le había entusiasmado esa idea pero ahora dudaba de que le interesara. Una cosa es la teoría y otra comprobar en la realidad, como lo hacía él día tras día. En un país pobre, ¿qué hacen los arquitectos? Nada importante. Quizás un cargo de administración. Y poco más. En 1972 estamos en pleno auge de la construcción masiva de edificios, hechos con paneles prefabricados. Armados a gran velocidad. Horriblemente feos, toscos y rústicos. Desagradables. El diseño y la tecnología venían de la URSS, pero igual podía ser francés, o checo, o alemán, o chino, o italiano. Estaban destinados al proletariado. El incremento acelerado de la población mundial y la prolongación de la expectativa de vida. El derecho a la vivienda. Se escribieron muchos libros sobre el tema. Unos a favor y otros en contra de la masividad gris en los suburbios de cientos de ciudades en todo el mundo. Todos opinaban. Se hacían congresos internacionales. Gran controversia entre arquitectos, sociólogos, psicólogos, economistas, ingenieros. Carlitos quería hacer cosas originales, grandes, únicas, bellas. Lo tenía claro. Algo diferente y hermoso. Detestaba aquellos edificios tan feos, repetidos hasta el infinito. Desilusionado, no sabía qué hacer. Era un soñador, romántico, idealista. Cada noche recibía clases en una EBIR (Escuela Básica de Instrucción Revolucionaria) que funcionaba cerca de su casa. Usaban manuales rusos (traducidos rápidamente) sobre filosofía marxista y economía socialista. Marx, Engels y Lenin eran las estrellas del momento. El marxismo-leninismo. Carlitos quería comprender a fondo lo que pasaba en el país. Era todo tan vertiginoso, tan cam-

167

biante, que mareaba. Un suceso solapaba al anterior. Todo se olvidaba rápido. Pasar página y seguir adelante. No daba tiempo para reflexionar.

Cada sábado se encontraba con Gilda y con la botella de Matusalén añejo siete años. Él no lo sabía, pero algo sórdido comenzaba a anidar y a fortalecerse dentro de él. Como un pequeño monstruo que no necesitaba amor, o no quería amor. Solo pedía alcohol y sexo. Él solo quería divertirse un poco y desconectar, olvidar todo por un rato. ¿Y Gilda? Pues no sabía. Vivía tan enfrascado en su propia vida, tan concentrado (egoísta, diría su madre) que nunca pensó en las motivaciones de Gilda para tener aquella relación tan desapegada y utilitaria. Desde los dieciséis años había tenido muchas novias. Todas eran aburridas, o convencionales, y aspiraban a la misma tontería burguesa de casarse, tener hijos, y vivir juntos para siempre. Él se aterraba en cuanto escuchaba aquellos deseos, y se alejaba. En ocasiones, casi siempre, rompía y se marchaba abruptamente y sin explicaciones. De un modo brusco y definitivo. Causaba un dolor terrible, pero él no sufría en absoluto. Gilda jamás le habló de compromisos, hijos, bodas. Nada. Ella, al parecer, solo quería divertirse, bailar y tener un poco de sexo. Carlitos consideraba que era una mujer inteligente, independiente y dueña de sí misma. Eran muy jóvenes para atormentarse con compromisos, rutinas y responsabilidades. Además, se gustaban y la pasaban bien.

¿De qué conversaban? Se conocían poco a poco y después, quizás, podrían pasar a otra etapa, con cariño o algo parecido. Pero no. Los dos evitaban hablar de los detalles de sus vidas. Habían trazado una frontera y evitaban que el otro invadiera y avanzara. Los dos, inconscientemente, se defendían. Hablaban sobre detalles del trabajo. Gilda sobre algún alumno específico y sobre la posibilidad de hacer una licenciatura en Educación Especial, para niños con dificultades. Carlitos le preguntó:

−¿Y te gusta eso?

−Sí. Son muy diferentes. Cada uno tiene su mundo propio.

Carlitos tampoco hablaba de cosas íntimas. Hablaba solo del trabajo, la arquitectura. Y poco más. Era una relación extraña y distante. Una madrugada, cuando ya casi llegaban a casa de Gilda, ella le preguntó:

−Y si salgo en estado, ¿qué haces?

−Uhhh... no sé... no había pensado...

−Pero puede pasar. Nunca usamos condón.

−Sí.

−Tendrás que donar sangre.

−¿Para el aborto?

−Sí. Lo exigen.

−¿Ya pasaste por eso?

−Una vez. Hace años.

−¿Cuándo?

−Da igual.

Carlitos guardó silencio. Tras una pausa, Gilda:

−Yo tenía catorce años. No te preocupes. Me pusieron un DIU.

−¿Qué es eso?

−¿No sabes lo que es un DIU? Tú vives en el mundo por vivir. No te entiendo.

−¿Qué es?

−Dispositivo intrauterino. Así que no voy a salir en estado. No te preocupes.

−Ah...

−Espero que no estés con otra mujer y me pegues una enfermedad.

169

–No estoy con nadie. Te voy a decir la verdad: el año pasado tuve gonorrea y... cogí miedo al reguero. Ahora me controlo y...

–Yo creo que sí eres promiscuo. Y misterioso.

–Estoy contigo nada más. Puedes creerme. Me controlo. No sé...

–¿Qué?

–Eso de misterioso...

Carlitos pensó que no era misterioso, pero a veces se sentía furtivo. Como alguien que hace algo escondido, a hurtadillas. Furtivo. Pero no lo tenía claro.

En el club, la cantante de boleros cubría una hora más o menos y daba paso a un combo que interpretaba canciones de moda, más tontas que los boleros trágicos, pero servían para bailar con más movimiento. Ellos disfrutaban, se emborrachaban poco a poco, Carlitos con una erección, Gilda húmeda. Los dos ansiosos. Se iban. En la botella quedaba un poco de ron, se la llevaban. Caminaban hacia el mar y los pinos. Una playita tranquila, oscura, solitaria. Allí, sobre la arena y las agujas de los pinos tenían sexo. Una o dos horas. Muy cómodos. Siempre había olor a yodo y salitre que emanaba de montones de algas lanzadas a la orilla por el mar.

Dos años antes Carlitos y otra novia habían sufrido una experiencia muy desagradable y peligrosa, por andar de noche en sitios apartados y solitarios. Por poco los matan. Cuando la policía atrapó a los delincuentes resultó que era una banda de cinco violadores y asesinos que habían cometido muchos crímenes atroces. Pero Carlitos ya ni recordaba aquel suceso. En la playita de Los Pinos nunca tuvieron contratiempos. Había otras parejas por allí haciendo lo mismo. Se oían los suspiros y quejidos. Era como una banda sonora. Las olas rompiendo en la orilla y los gritos y suspiros orgásmicos. Algunas mujeres eran muy gritonas. El lugar se transformaba en una orgía sonora en la oscuridad. Siempre había hombres solitarios mirando y pajeándose. Pero mantenían la distancia. No eran peligrosos.

Cuando al fin se habían satisfecho, salían caminando, bebiendo de la botella hasta terminarla. Llegaban a la casa de Gilda, en una zona apartada. Paralela a la calle había dos líneas de ferrocarril, un pedazo de terreno baldío y, al fondo, tres casitas pequeñas y humildes. En una vivía Gilda, con sus padres. Escasa luz en toda la zona. Carlitos se quedaba en la esquina y esperaba a que ella entrara. Entonces se sentía muy libre de nuevo. A esa hora, tres o cuatro de la madrugada, no había transporte público. Tenía que caminar más de una hora, borracho, controlándose para no caerse, hasta llegar a su casa. Jugaba con su imaginación, hablaba solo, leía las tarjas de mármol que abundaban por toda la avenida de Tirry y el puente del San Juan. Y cuando llegaba a su casa, Nereyda lo esperaba. Sentada en un sillón en la sala.

–Mami, ¿qué haces despierta a esta hora?

–Esperándote. Tú sabes que no puedo dormir porque no sé dónde estás ni qué haces, ni nada.

–Ya soy mayor de edad.

–Sí, uhhh.

Caía en la cama como una piedra. Primero el techo daba vueltas y tenía arcadas como para vomitar. Pero no. Se controlaba y se dormía profundamente.

Al día siguiente de aquellas borracheras descontroladas, se daba una ducha fría, tomaba un caldo de pollo y aspirinas y un litro de agua y se recuperaba de la resaca. Varias veces su padre se le acercó para decirle en voz baja, muy sufrido: «Hijo, intenta llevar una vida decente y hon-

171

rada». Él no contestaba. Al parecer su padre decía esa frase por sugerencia de Nereyda. Ella jamás le habló del tema de los sábados por la noche y las borracheras.

Cuando se sentía mejor, al mediodía, agarraba su bicicleta y se iba a casa de su amigo Fabián. Era pianista. Un tipo culto. Tenía una pequeña biblioteca muy especial. Le prestaba libros. *La rama dorada*, *La imaginación sociológica*, *Así habló Zaratustra*, *Eros y civilización*, *¿Qué es la literatura?*, *Historia social de la literatura y el arte*, *Mi lucha*.

Ahora Carlitos le devolvía *Dublineses* y se llevaría otro. A Fabián le encantaba el personaje de Leopold Bloom. A Carlitos le parecía falso y previsible. A veces iban más amigos. Bebían, fumaban, escuchaban música, conversaban hasta la noche. Y la pasaban bien. Al día siguiente, lunes, retorno a la rutina nuestra de cada día. Carlitos creía que llevaba una buena vida. Antes era solo un guajiro, vendedor de helados, como su padre. Ahora, peor, trabajaba en la construcción, con gente bruta y violenta. Era un guajiro con pretensiones. Con ansias de llevar una vida sin rutinas ni repeticiones, con algo nuevo y distinto cada día. Creía que era posible. ¿Por qué no?

Este relato podría terminar aquí. Pero la vida incluye estremecimientos imprevistos. Terremotos diminutos que nos sorprenden. Destruyen, provocan derrumbes y originan cambios. En esa semana, Carlitos leía a Marcuse, *Eros y civilización*: «El orden no represivo es esencialmente un orden de *abundancia*: el constreñimiento necesario es provocado por lo superfluo antes que por la necesidad. Solo un orden de abundancia es compatible con la libertad. En este punto se encuentran las críticas de las culturas materialista e idealista. Ambas están de acuerdo en que un orden no represivo solo llega a ser posible en la más alta madurez de la civilización, cuando todas las necesidades básicas pueden ser satisfechas con un gasto mínimo de energía física y mental en un tiempo mínimo».

Gilda le llamó el miércoles. Algo inusual. Lo habitual era que Carlitos llamara el viernes a la escuela donde Gilda trabajaba como maestra. Él llamaba desde las oficinas de la empresa constructora. En sus casas no tenían teléfono. Gilda fue rápida y tajante:

—Buenas tardes, Carlos.

—Buenas. ¿Qué pasa? ¿Por qué me llamas?

—No me recojas el sábado. No puedo ir.

—¡Ehhh! ¿Y eso?

—No puedo ir.

—¿Por qué? ¿Estás enferma o algo?

—No, no.

—¿Entonces?

—No quiero ir.

—Bueno, te llamo la semana que viene.

—No me llames más.

—¿Eh?

—Estamos rompiendo. Es decir, estoy rompiendo. No quiero verte más.

—Eso es un bolero.

—Me da igual. Como si es un mambo. No me llames más.

—¿Y por qué rompemos?

—No tengo que explicar. Además, a ti te da igual. Tú no me quieres.

Carlitos guardó silencio unos segundos. Para recuperarse. Y pasó de la defensa al ataque:

—Bueno, Gilda, tú tampoco me quieres.

—Pues entonces ya. Estamos de acuerdo. No me llames más. No merece la pena.

—Por lo menos de amigos.

173

–No. Se acabó. No quiero verte más ni hablar contigo.

–Ehhh... Muy bien...

–Chao.

Y colgó. Carlitos se quedó como noqueado junto al teléfono. Sacó cuentas: fueron dos meses. O poco más. Fue divertido. Y ahora debe tener otro hombre.

No se le ocurrió pensar que Gilda se había aburrido de la rutina y la monotonía y no le encontraba sentido a prolongar la sordidez de aquellos encuentros. Para Carlitos era pura poesía. Pero Gilda no veía poesía. Veía sordidez.

Por primera vez era una mujer la que tomaba la decisión de romper y alejarse. Siempre era él quien daba la espalda y actuaba con dureza. Ahora le dieron a probar su propio caldo. Un poco amargo. Y no le gustó. Le dolió, o más bien le ofendió, esa brusquedad tajante y sorpresiva, sin contemplaciones.

Siguió su vida que poco a poco se aceleraba y se hacía más y más vertiginosa. Carlitos insistía en no llevar una vida convencional, rutinaria, repetitiva. Y así fue. Su vida después de Gilda desplegó sus alas y lo condujo a velocidades supersónicas. Actuó la ley de atracción universal. ¿Esto es lo que quieres? ¿Seguro? Pues ahí tienes. Ahora no te quejes. Cuando tenía setenta y dos años, es decir, cincuenta años después, se sentó a escribir este relato. Pensó titularlo «La mujer que cambió mi vida». Pero le pareció muy dramático. Carlitos tenía setenta y dos, pero a veces le parecía que en realidad había vivido ciento cincuenta años. O más. La vida no es un asunto de cronología sino de kilometraje.

La Habana, 2021-2023

ÍNDICE